AQUARIUS

AQUARIUS

AQUARIUS

AQUARIUS

每個人心中都有一座島嶼，

藉文字呼息而靜謐，

Island，我們心靈的岸。

一切皆有可能

伊麗莎白・斯特勞特 Elizabeth Strout　賈曉光譯

獻給我的兄弟

喬恩·斯特勞特

國內作家一致好評

所以小說存在的基礎是什麼？那答案可不正是：因為一個人不知道另一個人。正因為我們不知道彼此，我永遠不知道你想什麼，所以生出種種愛或恨、惻度、誤會與偏私，人成了別人。我們到頭來只剩下我。而小說是神，或神之眼，在某一刻帶讀者越過心之壁。這方面來說，伊麗莎白・斯特勞特總能用小說蓋一座大教堂，你在那裡頭感受到某種超越個體的，恢宏的人類整體之愛，高塔拱頂一樣樂聲挾帶你靈魂齊往上拔高匯聚，她讓你看見，或以為看見他人之心。所有帶著祕密的夜晚裡我總想，神依然會赦免我嗎？但我總能在伊麗莎白・斯特勞特的小說裡先得到寬恕。——**陳栢青**（作家）

伊莉莎白・斯特勞特的小說特別好看，纖細敏銳，刻劃幽微卻又精準無比，讓人時起共嗚。她特別能寫美國小鎮的日常種種，淡淡幾筆，很微小卻也很巨大。真要理解美國文化，相對於「都會傳奇」，或許「小城文學」會更精準些，畢竟「根」在那裡，人多是從山海土地走向城市的。——**傅月庵**（資深編輯人）

我不會錯過任何一本她的書。——**鄧九雲**（作家、演員）

《不良品》中，以寫作出逃，從一無所有中來的露西．巴頓，形銷骨立回到了美國中部乾漠的玉米田。只是，這一次，貧窮的土地上，愛得一團糟的，自認高人一等的，越戰後徹底被擊碎的，以優雅掩蓋貧窮身世的，在恥辱之上長大的，那些生命中被切除的幻肢，各自長出了形狀，發出了呻吟。

伊莉莎白．史特勞斯不怕戳刺在階級問題前別開的眼睛，痛苦不會習慣，小說家讓腦中靜默噪音的痛苦回聲，真正地，有被傾聽的可能。——**顏訥**（作家）

國外媒體極力推薦

伊麗莎白・斯特勞特一旦拿出看家本領，還有誰能與之匹敵？這本書以寬厚而詼諧的方式描述日常，而斯特勞特鑽研角色之深，讓讀者與書中人物無比貼近……本書實至名歸，讀的時候不可能不落淚，或不感驚奇。——**《今日美國報》（四顆星）**

喜歡《不良品》的讀者有福了……斯特勞特是短篇小說大師，她刻劃出了有血有肉的美國小鎮群像與人們的苦痛，以憐憫之心特寫每個角色，使他們的故事曲折動人。——**美國國家公共電臺**

這些故事再度帶出斯特勞特的創作核心：她的寬容勝過任何人，以不張揚的筆調描寫尋常日子裡的失望與恥辱，以及我們因而能經歷恩典、仁慈的片刻。斯特勞特再次命中紅心。——**《華盛頓郵報》**

這本傑出又有智慧的書裡，痛苦與療癒永遠相互依存，就像長期齟齬的手足。——**《華爾街日報》**

《一切皆有可能》證實斯特勞特是我們所擁有的作者中，最充滿恩慈、也最優雅的作者之一。——**《波士頓環球報》**

《一切皆有可能》仔細描繪出小鎮的景況：選擇有限、全鎮的人都可以管你的私事、人一輩子也擺脫不了年輕時犯下的錯……這個文類涵蓋甚廣，加入了這本書之後，又出現了新高度。——**《明星論壇報》**

這本書的架構絕妙無比，我無法以長篇小說或關聯性故事集來框定之……斯特勞特的行文風格太適合寫這類中西部小鎮故事：直白，流暢如詩歌，就像我們的生活，暗藏幽默與苦澀。——**《米爾瓦基哨兵日報》**

驚豔之作。斯特勞特出品，向來佳作，甚至能好上加好。——**《時尚》雜誌**

充滿灼人的洞見，深入人心最黑暗的角落……《一切皆有可能》中議題涵蓋之廣，內省之深，叫人吃驚；故事巧妙地平衡、精準到位，叫人欲罷不能。斯特勞特深得人心的故事調度再次大獲全勝。堅定、同理、終極的恩典——她的文字與筆下人物提醒著我們，生命裡確實一切皆有可能。——**《舊金山紀事報》**

雖然我們總是推薦普立茲獎得主的所有作品，比如她的近作《不良品》，但這本小說值得特別一提——它以各篇彼此互涉的故事，探索了生命中的複雜層面。閱讀當代大師如此揮灑自若的作品，多麼令人心曠神怡。——**《美麗佳人》雜誌**

如果你懷念普立茲獎得主伊麗莎白・斯特勞特的暢銷作《不良品》中，那些古怪、魅力十足，且完全令人感同身受的角色，你會很高興你將在她機智又動人心弦的新作《一切皆有可能》中，再度與這些角色相聚。——**《Elle》雜誌**

斯特勞特挖剖書中角色的內在世界與其不為人知的一面，寫出充滿情緒張力的衝突，以及身而為人，在追尋美國夢時，找到自我的純粹快樂。——**《NYLON》雜誌**

【推薦序】

我們幾乎就感覺到幸福

——略讀伊麗莎白・斯特勞特《一切皆有可能》

◎崔舜華（作家）

一如往常地，我在笑語喧囂的小酒館讀完這本小說的書稿。那種僻壤窮鄉式的傷感當頭澆淋下來，流進我的衣領裡，我的眼睛裡。

必須耗費多少力氣，才能接近幸福的領地？在斯特勞特的新小說《一切皆有可能》裡，所有人皆被不幸緊緊地纏繫在一起——是的，不幸。可以如此輕易吞吐出的詞彙，就像滿腹惡酒加上搭了一輛橫衝直撞的計程車般，車門一開便將滿腔的惡臭的噩運噴吐滿地，噴髒了腳上為了某個場合而特別擦亮的新皮鞋。

在書中的眾多篇章中，每個人都叨念著一個名字：露西・巴頓。在湯米先生的眼裡，露西永遠是那麼瘦小那麼膽怯，膽怯得像一隻隨時驚飛的鳥，而虔誠的湯米對她滿溢著純粹的憐惜，這份感情漫溢到露西的哥哥彼特身上，讓湯米每隔一段時間便去那棟灰白老舊的爛屋子探望彼特。

小說以這分純粹的善意開啟，善意的內部卻是破落不堪的傷痛，像一棟年久失修的屋子，勉勉強強地撐持住了不被風雨吹倒，卻經不起一名不受歡迎的訪客所帶來的震顫。

故事中充滿了各式各樣的訪客——年邁離婚的瑪麗的女兒安潔莉娜，偶然投宿在辛苦女人多蒂的旅館的老兵查理，在演藝圈與八卦圈大放異彩身負流言後返家的漂亮安妮，以及人人口中稱羨的露西——多年後好不容易重新踏進父母的房子，面對著長年獨居的哥哥與憤世嫉俗的姊姊的小妹露西……她們（大多是女人）遠走他鄉，或終生囚於此鎮，而家鄉的貧窮在她們赤裸的肩膊上狠狠烙下各自的屈辱：童年從垃圾堆翻找食物果腹的屈辱；撞見母親裸身外遇的屈辱；離婚的屈辱；被遺棄與背叛的屈辱；身負創傷的屈辱；被流言輕蔑的屈辱；與丈夫結髮一生卻不曾行房的屈辱……

小鎮上，各人懷抱著各自的屈辱度日，當他們不想再看著外頭發呆，或是得找個地方說些祕密的壞事時，那沾滿灰塵的厚重窗簾便會拉上，從某雙與某雙剝落的口紅裡抿出不關己事的風涼——人心的惡意，總在狹窄貧瘠之處熟透而盛放。就連終於掙脫了家鄉的鐐銬、在紐約過著出人頭地的時髦生活的露西，在哥哥的屋子裡恐慌症發作而崩潰的她，必然是深深地感到那惡意所召喚的不幸正在闊步逼近，轉眼便要吞沒她好不容易拼盡全力所建護起來的微小幸福……

小說最末，作者安排了艾貝爾心肌梗塞發作、臨終之時他所充溢的那股體悟之光——一切皆有可能。這究竟是甚麼意思？十分恰巧地，讀完《一切皆有可能》之後的幾天，我想起了自己三十八年人生中的許多屈辱時刻，特別是中學時，被同儕排擠、攻擊、惡言惡語的屈辱；以及，大學時某次與當時交往的男友共眠一床時，父親突然開鎖闖入、惡言怒罵的屈辱；以及以及，那些經過我身上而剝奪我的防備與尊嚴的男人們，所鄭重贈予的屈辱……我坐在未開燈的黃昏的房間裡，渾身發著抖，一片一片地將藥片從舌尖滑下喉管。單單僅是這種程度的屈辱，我長久長久地將其埋在土坑裡一鏟一鏟地掩蓋起來，然而那卻在我的背後慢慢地煉結為時光惡人的武器，總有一天將毫不留情地擊碎我脆弱而蒼老的頭蓋骨。

在我自己的恐慌裡，我於焉理解了露西的恐慌——我們都幾乎那麼逼近幸福，但我們所經受過的恥辱和傷痛，終會將我們拖回不幸的深谷裡，且悚悚恐懼著自己就要葬身於此，成為一具無人知曉的破爛死屍。然而，這世界上確實存在著一條路徑，遠遠越過了那些羞恥、創傷、孤獨、痛楚，而直通天聽，那將是我們的靈魂的葬處，時光的盡頭，唯有少數從窄牆的縫隙之間窺見那聖光粼粼的人們，才能夠全心地明瞭並擁抱：一切皆有可能，尤其在我們置身不幸的時候。

崔舜華，一九八五年冬日生。有詩集《波麗露》、《你是我背上最明亮的廢墟》、《婀薄神》，散文集《神在》、《貓在之地》。最新詩集《無言歌》將於二〇二二年春日出版。曾獲吳濁流文學獎、林榮三文學獎、時報文學獎等。

目錄

標誌

湯米・格普蒂爾曾經有一座乳牛場，是他從父親那裡繼承的，距離伊利諾州阿姆加什鎮大約兩英里。這已經是很多年前的事了，但湯米有時仍會在夜裡驚醒，乳牛場被燒成平地那個夜晚的恐懼又襲上心頭。連房子也被燒得一乾二淨。房子離穀倉不遠，風把火星吹到了上面。都是他的錯——他一直這麼認為——因為當晚他沒有檢查擠奶器，以確保它們都關好，火就是從那裡燒起來的。一旦燒起來，火就嘶吼著蔓延到各處。他們的家當都燒沒了，除了客廳鏡子的黃銅鏡框，這是他第二天在瓦礫堆裡發現的，他也沒去撿。人們發起了募捐：有好幾個星期，他的孩子們都穿著同學們的衣服去學校，直到他重新振作並攢了一點點錢。他把土地賣給了附近的農民，但沒賣多少錢。之後他和妻子——一個名叫雪莉的小個子美人——買了些新衣服，也買了座新房子，這期間雪莉都保持著令人欽佩的樂觀情緒。他們不得不把房子買在阿姆加什，那個破敗的鎮子上；孩子們也在那裡上學，他們之前的學校在卡萊爾，而他的乳牛場正好在兩個鎮子的分界線上。湯米在阿姆加什的學校裡找了個看門人的工作，他喜歡這份工作的穩定，而他再也沒法去別人的農場上幹活了，他沒這個心思。那時他三十五歲。

孩子們如今都成年了，連他們自己的孩子也都成年了，而他和雪莉仍舊住在自己的小房子裡。雪莉在房子周圍種滿了花，這在那個鎮子上很少見。發生火災那陣子，湯米一度很為他的孩子們擔心。曾經，他們把家裡當作班級旅行的目的地——每年春天，卡萊爾鎮的五年級學生會在他們家玩上一整天，在穀倉旁的木頭桌子上享用午餐，接著大踏步穿過穀倉，一邊觀看奶工擠奶，乳白色的沫狀物在潔淨的塑膠管中翻騰——後來他們卻被迫看到自己的父親落到這般光景：把「魔力粉末」撒在某個在走廊裡犯噁心的孩子的嘔吐物上，再推著掃帚一掃而淨，湯米穿著他的灰褲子，白色的襯衫上繡著紅色的「湯米」字樣。

呵。他們全都熬過來了。

※

這天早上，湯米慢悠悠開著車，到卡萊爾鎮辦點差事。這是五月裡一個陽光明媚的星期六，再過幾天就是他妻子的八十二歲生日了。四下是空曠的田野，玉米剛種上，大豆也是。很多片田地都為了耕種而被犁翻過，仍然是土褐色，但總的說來，天空高遠而湛藍，零星的幾朵白雲飄在地平線附近。他駛過通向巴頓家路上的一塊標誌牌，上面還寫著「裁縫改衣」，雖然縫改衣服的女人莉迪亞・巴頓已過世多年。即使是在阿姆加什這種地方，巴頓一家也不受人歡迎，因為他們既潦倒又古怪。最大的孩子名叫彼特，現在一個人住在那裡，老二住在兩個鎮子之外，最小的叫露西・巴頓，很多年前就走了，在紐約定居。湯米常常想起露西。那些年她放學後不回家，獨自待在教室裡，從四年級直到高中畢業都是如此。她甚至過了好幾年才敢直視他的眼睛。

但此時，湯米正駛過原先乳牛場所在的地方——如今全是農田，一點乳牛場的痕跡也沒有了——就像他經常想起的那樣，他想起了過去在那裡的生活。那段日子挺不錯，但他對曾經發生的事並不後悔。後悔不是湯米的天性，大火那晚——在他越發感到恐懼之時——他明白了，妻子和孩子才是這個世界上最重要的，他覺得別人終其一生，也沒有像他那樣清楚、持續地意識到這一點。內心裡，他把那場大火看作上帝的旨意：讓他牢牢保有這份禮物。之所以在內心裡，是因為他不想被看成一個為悲劇的發生尋找藉口的人，他不想讓任何人——即使是他最心愛的妻子——認為他會這麼做。但他的確在那個夜晚感受到了，當妻子在路邊看護孩子的時候——他看到穀倉起火，第一時間衝進房子救出了孩子們——他望著巨大的火焰飛入夜空，聽見乳牛死去時可怕的叫聲，他感覺到了很多東西，但只有當房頂坍塌，掉進房子裡面，正好落進他們的臥室和樓下裝有孩子們和他父母全部照片的客廳時，當他親眼看到這一切發生，才感覺到了——確鑿無疑地——只能被他歸為上帝顯靈的東西，而他也理解了為什麼天使總是長著翅膀的形象，因為他有那種感覺——那種急速的聲響，甚或沒有一絲聲響，隨後是上帝，沒有面容但肯定是上帝，彷彿緊緊挨住他，一言不發地向他傳達——如此短促、如此迅疾——某種啟示，他對此的理解是：沒事的，湯米。於是湯米就認為沒事了。這超出了他的理解能力，不過沒事。一直都沒事。他經常覺得他的孩子們變得更有同情心了，因為他們不得不和那些出身貧寒，並非來自他們那種家庭的小孩一起上學。自那以後，他不時感覺到上帝的存在，彷彿有一片金光觸手可及，但他再也沒有像那個夜晚那樣感受到上帝的親臨，他也十分清楚旁人會怎麼想，所以他至死都會保守這個祕密——上帝的形跡。

然而，在這樣一個春天的早晨，泥土的氣息又使他回想起乳牛的氣味，牠們濕潤的鼻孔、溫暖的肚皮，還有他的穀倉——他曾經擁有兩座穀倉——他任由思緒在一幕幕回憶中馳騁。或許是因為他剛剛經過巴頓家，他想起了肯・巴頓，那些可憐而憂傷的孩子們的父親，以前給他打過零工，接著他又——更為慣常地——想起了露西，她離家去讀大學，最終在紐約落腳。她成了一名作家。

露西・巴頓。

湯米一邊開車，一邊輕輕地搖了搖頭。在那所學校當了三十多年看門人，湯米知道很多事。他知道哪些女孩懷孕了，還有那些酗酒的母親和婚外情，學生們三三兩兩擠在廁所或學生餐廳談論的這些事總能被他偷聽到。在各種意義上他都是隱形的，他明白這一點。但露西・巴頓是最讓他憂慮的。她和她的姊姊薇姬，以及哥哥彼特，一直都遭到其他孩子的惡毒嘲諷，就連有些老師也這麼做。但因為露西經常放學後留下，這麼多年來他一直覺得——雖然她很少說話——他是最了解她的人。有一次，在她四年級的時候，那是他去學校工作的頭一年，他打開一間教室的門，發現她躺在拼在一起的三把椅子上，挨著暖氣，外套蓋在身上，睡得很熟。他盯著她，望著她輕微起伏的胸部，看到她眼睛下面的黑眼圈，她的睫毛像閃爍的小星星一樣鋪散，因為她的眼瞼濕濕的，好像在睡前剛哭過。他慢慢地退了出去，盡量保持安靜。以這樣的方式碰見她簡直有失體面。

不過有一回——他現在想起來了——那時她肯定已經上初中了，他走進教室的時候，她正用粉筆在黑板上畫畫。他剛走進來她就停下了筆。「你繼續。」他說。黑板上畫的是一株葡萄藤，上面長著很多片小葉子。露西從黑板邊走開，突然開口對他說話。「我把粉筆弄斷了。」她說。湯米告訴她沒關係。「我是故意的。」她說，臉上閃過一絲微笑，又把目光移開。「故意的？」他問，她點點頭，又微微笑了笑。於是他走上前拿起一根粉筆，完整的一根，把它掰成兩半，接著衝她眨了眨眼。在他的記憶中，她差點咯咯笑了起來。「你畫的？」他問道，指著那根長滿小葉子的葡萄藤。她聳了聳肩，又轉過臉去。但通常她只是坐在桌旁讀書，或是寫作業，他能看見她在寫作業。

他在一塊停車標誌牌前停下，暗自出聲地自言自語：「露西，露西，露西・巴頓。你去哪裡了，你怎麼就走了？」

他知道原因。在她畢業那年春天，有天放學後，他在過道上看到她，她睜大眼睛，帶著突如其來的坦率，對他說：「格普蒂爾先生，我要去上大學了！」他回應道：「噢，露西。那太棒了。」她張開雙臂抱住他，不肯鬆開，於是他也回以擁抱。他一直記得那個擁抱，因為她那麼瘦，他能感覺到她的骨頭和小小的乳房，也因為他後來好奇這個女孩究竟得到過多少——多麼少的——擁抱。

湯米駛離停車標誌牌，開進鎮子裡，前方就有一塊停車場。湯米一路開進去，從車裡出來，在陽光下眯起眼睛。「湯米・格普蒂爾。」一個男人喊道，湯米轉過身，看見格里夫・

強森正朝他走來，邁著他獨有的一瘸一拐的步子，格里夫的一條腿比另一條短，即使穿著增高鞋也沒法走得穩當。格里夫伸出一隻手臂，準備握手。「格里菲斯[1]。」湯米說，兩人握住對方的手臂晃了很久，車輛從他們身邊緩緩開過，朝大街駛去。格里夫是鎮上的保險推銷員，他對湯米一直格外地好。得知湯米沒有為農場保上全額保險時，格里夫說：「我太晚認識你了。」這倒是真的。格里夫面容親切，如今大腹便便，對湯米仍然很好。事實上，湯米還不認識任何——他覺得——對他不好的人。一陣微風盤旋在他們周圍，他們談起了自己的孩子和孫輩。格里夫有一個孫子染上毒癮，湯米覺得十分痛心，但他只是一邊聽一邊點頭，抬頭瞥著大街兩旁的樹，它們的葉子那麼新鮮，翠綠翠綠的，接著聽關於另一個孫子的情況，他正在上醫學院，湯米說：「嘿，那棒極了。真是好樣的。」他們拍著對方的肩膀，接著忙各自的事去了。

女裝店裡——他進門時響起了一陣鈴聲——瑪麗蓮・麥考利正在試一條連身裙。「湯米，什麼風把你吹來了？」瑪麗蓮說，一邊扯了扯裙邊，她正在為幾週之後孫女的洗禮儀式準備衣服。裙子是米黃色的，點綴著一圈圈紅玫瑰。她沒穿鞋，只套著絲襪站在那裡。她說

1 格里夫的暱稱。

為這件事特地買件新衣服是挺奢侈，但她很樂意。湯米認識瑪麗蓮很多年了，第一次見面是她在阿姆加什上高中的時候。他看出了她的尷尬，說他壓根不覺得有什麼奢侈的。隨後他又說：「可以的話，瑪麗蓮，能不能幫我妻子挑一件東西？」他看見她的動作變得利索起來，她說可以，當然可以，她走進更衣間，出來時穿著平時的衣服，一條黑裙子和一件藍毛衣，踩著一雙黑色平底鞋，當即帶湯米去看圍巾。「這條。」她說，抽出一條帶圖案的紅色圍巾，上面貫穿著一些金色的絲線。湯米拿著它，又用另一隻手拿起一條花圍巾。「要不這條吧。」他說。瑪麗蓮說：「是的，那條看上去適合雪莉。」於是湯米明白了，瑪麗蓮喜歡那條紅圍巾，但她絕對不會允許自己買下。湯米當看門人的第一年，瑪麗蓮就是個可愛的女孩，她無論何時看到他都要說一聲：「嗨，格普蒂爾先生！」如今她已經上了年紀，瘦削而神經質，臉色憔悴。湯米和其他人的想法一樣，認為這都是由於她的丈夫去過越南，回來後就像換了個人似的。每每湯米在鎮子上遇到查理・麥考利，他看上去總是神情恍惚，這個可憐的男人，可憐的瑪麗蓮。湯米把繡金線的紅圍巾在手裡拿了一會兒，似乎在考慮，接著說：「我覺得你說得對，這條更適合雪莉。」然後拿起那條花圍巾去結帳。他對瑪麗蓮的幫助表示了謝意。

「我想她會喜歡的。」瑪麗蓮說，湯米說他肯定她會喜歡的。

回到人行道上，湯米朝書店走去。他覺得妻子或許會想要一本講園藝的書。進了書店他開始到處逛，接著看到露西・巴頓的新書擺在那裡——就在書店的正中央。他拿起書——封面上是一座城市建築——再翻到後摺口，上面印著她的照片。他覺得假如現在遇到她，他會認不出來的，只不過因為他知道這就是她，他才得以認出她的痕跡，從她的微笑裡，那依舊羞澀的微笑。他又回憶起那個下午，她說她是故意把粉筆弄斷的，還有那天她臉上古怪的微笑。如今她是個上了年紀的女人，照片上的她頭髮梳在腦後，他看得愈久，就愈能看出她過往的模樣。湯米給一位帶著兩個小孩的媽媽讓路，她和孩子從他身邊走過，說了句「抱歉，勞駕」，他說「噢，別客氣」，接著又在想——正如他時常想起的——露西一直過著怎樣的生活，在紐約那麼遙遠的地方。

他把書放回架上，向店員詢問一本園藝類的書。「來得正是時候，我們剛剛進了這本。」女孩——其實她算不上是女孩了，只不過如今對湯米來說她們都像是女孩——拿給他一本封面上印著風信子的書，他說：「噢，好極了。」女孩又問他需不需要包起來，他說要的，那樣最好，他看著她把銀色的紙鋪開包在書上，她的指甲塗了藍色，舌頭從牙中間伸出來一點點，神情很專注。她貼上透明膠帶，弄好之後給了他一個大大的微笑。「好極了。」他又說了一遍，她說：「祝您度過愉快的一天。」他也同樣祝福了她。湯米離開書店，在燦爛的陽光下穿過街道。他會和雪莉說起露西的書，因為他的緣故，她也一直愛著露西。他發動汽車，開出停車場，沿著回家的路駛去。

強森家的男孩浮現在湯米腦中，他沒法戒掉毒癮，隨後湯米想起了瑪麗蓮・麥考利和她的丈夫查理，接著又想起了他自己的哥哥，他在幾年前就去世了，他想著他的哥哥——他參加過二戰，清空集中營的時候他在場——他想著哥哥從戰場歸來，卻像換了一個人；他的婚姻完了，孩子也討厭他。他哥哥死前不久，告訴了湯米他在集中營裡所見到的情景，當時他和其他人負責領著鎮上的人穿過營區。他們帶領一群鎮上的女人穿過集中營，讓她們看到那裡的一切，湯米的哥哥說，有的女人哭了，也有一些人仰起臉，怒氣衝衝，好像她們不願意被迫陷入悲傷。湯米一直記得這個畫面，他奇怪的是自己為什麼現在又想起這些。他把車窗全部搖下。似乎隨著年歲增長——他已經很老了——他愈加明白自己無法理解善與惡之間這種令人困惑的交鋒，或許人們註定就無法理解這個世界上的事。

駛近寫著「裁縫改衣」的標誌牌時，他放慢車速，轉而開上那條通往巴頓家的長長的路。自從肯——彼特的父親——死後，湯米習慣順道去看看彼特．巴頓，他現在當然不是孩子了，已經上了年紀。彼特一直獨自住在那棟房子裡，湯米已有好幾個月沒見過他了。

他沿著長路駛去，這條路人跡罕至。這件事他和雪莉已經討論很多年了，與世隔絕對孩子並沒有好處。路的一邊是玉米地，另一邊是大豆田。玉米地中央的那棵孤樹——一棵大樹——幾年前被閃電擊中，側倒在地上，修長的枝條光禿禿的，支離破碎，朝天空伸展。

卡車就停在那棟小房子邊上，房子很多年都沒粉刷過了，看上去像褪了色，牆磚已經發白，還缺了幾塊。百葉窗像平常一樣閉合著，湯米從車裡出來，走上前敲門。站在陽光下，他又想起了露西．巴頓，她曾經是個多麼瘦弱的孩子，令人心疼，一頭金黃色的長髮，幾乎從來沒有直視過他的眼睛。她還小的時候，有一次放學時他走進教室，發現她坐在那裡看書，門剛打開她就跳了起來——他看見她真的嚇得跳了起來。他趕忙對她說：「不，不，沒事的。」不過正是在那一天，當他看見她跳起來的樣子，看見掠過她臉上的恐懼，他猜到她一定在家挨了打。開個門就能被嚇成這樣，她肯定是挨打了。意識到這一點後，他更加注意她了，有些日子，他看到她的脖子或手臂上似乎有黃色或者青色的傷痕。他告訴了妻子，雪莉說：「我們能做什麼，湯米？」他思考著，她也思考著，最後他們決定什麼也不做。但他們討論這事的那天，湯米告訴妻子他曾看見肯・巴頓，露西的父親，在多年前做了一件事，那時湯米的乳牛場還在，肯時常來做些機械工作。湯米走到一座穀倉後面，看見肯・巴頓在那裡，褲子脫到腳踝，一邊手淫一邊咒罵著——這種事竟然都能讓他撞上！湯米說：「在這裡可不行，肯。」那個男人轉過身，鑽進卡車便開走了，整整一週都沒有回來幹活。

「湯米，你之前怎麼沒告訴我這件事？」雪莉抬頭望著他，藍眼睛裡滿是驚恐。

湯米說，這事太不像話了，沒法複述。

「湯米，我們得做點什麼。」他妻子那天說。於是他們繼續討論，最終再次決定他們什麼也做不了。

百葉窗微微動了動，門開了，彼特・巴頓站在那裡。「你好，湯米。」他說。彼特走到外面的陽光下，關上身後的門，站到湯米身邊，湯米才意識到彼特並不想請他進屋。一陣惡臭向湯米撲來，可能就是彼特身上的氣味。

「我正好開車路過，想看看你在忙什麼。」湯米漫不經心地說。

「謝謝，我很好。謝謝你。」明晃晃的陽光下，彼特的臉看上去很蒼白，而他的頭髮如今幾乎全白了，那是一種灰白色，看著和他身後房子發白的牆磚很相稱。

「你在達爾家做事嗎？」湯米問。

彼特說是的，那裡的差事大致做完了，不過他在漢斯頓又找了一份工。

「挺好。」湯米瞇起眼望向地平線，他前方是成片的大豆田，棕色的土壤泛著大豆的鮮綠。地平線正上方是佩德森家的穀倉。

他們談論著各種不同的機器，也說到最近在卡萊爾和漢斯頓之間建起的風力發電機。「我覺得，我們得習慣這些。」湯米說。彼特說他覺得湯米說得沒錯。車道旁僅有的一棵樹長出了一些嫩葉，樹枝被風吹得朝下晃了晃。

彼特倚在湯米的車上，雙臂交叉在胸前。他個子很高，但胸膛幾乎是凹進去的，他那麼瘦。「你去參戰了嗎，湯米？」

湯米被這個問題嚇到了。「不，」他說，「沒有，我當時太年輕，剛好錯過了。不過我哥哥去了。」樹枝迅速上下晃了晃，好像感受到了一陣湯米沒有感受到的微風。

「他當時在哪？」

湯米遲疑了一下。隨即他說：「他被派去了集中營，在戰爭快結束的時候，他加入了前往布亨瓦德集中營的部隊。」湯米抬頭看著天空，手伸進口袋裡，拿出墨鏡迅速戴到臉上。「從那之後他就變了。我說不出是怎麼回事，但他變了。」他走過去靠在車上，挨著彼特。

過了一會兒，彼特・巴頓轉向湯米。他用一種全無敵意，甚至還帶有一絲歉意的聲音說：「聽著，湯米。我希望你不要總來我這裡。」彼特的嘴唇發白乾裂，他用舌頭把它舔濕，眼睛盯著地面。有一會兒湯米懷疑自己是否聽錯了，他剛說出「我只是——」彼特飛快地看了他一眼，說：「你這是在折磨我，我覺得已經夠久了。」

湯米離開車邊，站直身子，透過墨鏡看著彼特。「折磨你？」湯米問，「彼特，我來這裡不是要折磨你。」

路上突然吹來一陣微風，他們腳下的塵土輕輕旋轉起來。湯米摘下墨鏡，這樣彼特可以看見他的眼睛。他憂心忡忡地看著他。

「忘了我剛才說的吧，對不起。」彼特垂下頭。

「我只是想每隔一段時間就來看看你，」湯米說，「你知道的，鄰里之情。你一個人住在這。我覺得作為鄰居應當時常來看看。」

彼特看著湯米，苦笑著說：「好吧，你是唯一一個這麼做的人。算上女人也是。」彼特笑著，聲音很不自在。

他們兩人站在那兒，湯米的手臂此時伸展開了，他把手伸進口袋，彼特也把手伸進口袋。彼特踢開一塊石子，轉身眺望著田野。「佩德森家應該把那棵樹移走，我不明白他們為什麼沒有。樹立著的時候還可以在周圍耕種，但現在，老天啊。」

「他們有這個打算，我聽他們說了。」湯米有點不知所措，這種感覺很奇怪。

彼特仍然望著倒下的樹，說道：「我父親去參戰了。他把一切都搞砸了。」這會兒彼特轉身看著湯米，他的眼睛在陽光下眯縫著。「他臨死前告訴我了。他經歷的事很可怕，後來──後來他用槍打死了兩個德國人，他知道他們不是士兵，他們幾乎還是孩子，他告訴我每一天他都覺得自己應該用自殺來償還。」

湯米聽著，一邊看著這個男孩──男人──手在口袋裡握著墨鏡。「對不起，」他說，「我不知道你父親上過戰場。」

「我父親──」說到這裡，彼特的眼中真的泛起了淚水，「我父親是個正派的人，湯米。」

湯米緩緩地點了點頭。

「他做過一些事是因為他無法控制自己。所以他──」彼特轉過臉去。很快他又半轉過來對著湯米說：「所以他才在那天夜裡進去打開了擠奶器，之後那裡就燒毀了，我從來沒有忘記，湯米，就好像我當時知道是他幹的。我知道你也知道是他。」

湯米感覺頭皮上起了一堆雞皮疙瘩，而且愈來愈多，他覺得整個頭都爬滿了雞皮疙瘩。太陽十分晃眼，但似乎只在他周圍投下一束光。不一會兒他說：「孩子，」──這個詞不由自主地脫口而出──「你不能那麼想。」

「聽著，」彼特說，他的臉現在有了些血色，「他知道擠奶器可能會出問題——他之前說過。他說那個系統不是很高級，運作時很快就會過熱。」

湯米說：「他說得沒錯。」

「他生你的氣。他總是生別人的氣，但那次他在生你的氣。我不知道發生了什麼事，但他在你那裡做事，然後他就不做了。我想他最終還是回去了，但不知道發生了什麼事，後來他就再也不喜歡你了。」

湯米又戴上墨鏡。他小心翼翼地說：「我發現他在手淫，彼特，打手槍，就在穀倉後面，我告訴他不可以做這種事。」

「噢，天啊。」彼特摸了摸鼻子，「噢，天啊。」他抬頭看著天空。隨即他飛快地望向湯米，說：「噢，他不喜歡你。著火前一天晚上，他出去了——他有時候就是會這樣，出門去，他不是酒鬼，但有時他就是會離開家到外面去。那天晚上他就出去了，大概午夜才回來。我能記得是因為我妹妹冷得睡不著，我母親——」彼特停了停，似乎是要緩口氣，「我母親陪她熬著，我還記得她說，露西快睡覺吧，已經午夜了！後來我父親回家了。第二天早上我在學校——是的，我們都聽說了那起火災。我這才知道。」

湯米靠著車才站穩。他一句話也沒說。

「你也知道，」彼特最後說，「所以你才到這來，來折磨我。」

很長時間，這兩個人就站在那裡。風變大了，湯米感覺襯衫的袖子被吹了起來。彼特轉身走回房子裡；門嘎吱一聲開了。「彼特，」湯米喊道，「彼特，聽我說。我不是來折磨你的。而且就算你剛才告訴我了，我仍然不相信那是真的。」

彼特轉過身。片刻之後，他關上身後的門，走回到湯米身邊。他的眼睛濕了，湯米不知道是被風吹的，還是他哭了。彼特差不多是有氣無力地說：「我跟你說，湯米。他本來沒打算去戰場上做那些事，但他不得不做。人本就不應該殺人。他做了，做了可怕的事，可怕的事也就找上他了，而他沒辦法與自己和解，湯米。這才是我要說的。其他人可以做到，但他不行，他被摧毀了，而且——」

「那你母親呢？」湯米突然問。

彼特的臉色變了，顯出一種茫然的神情。「她怎麼了？」他問。

「她怎麼面對這一切的？」

彼特似乎被這個問題擊垮了。他緩緩搖頭。「我不知道，」他說，「我不知道我母親是怎麼想的。」

「我都不怎麼認識她，」湯米說，「只是偶爾看到她出門去。」但他這時想起來了：他從來沒見這個女人笑過。

彼特正盯著地面。他聳了聳肩，說：「我不了解我母親。」

湯米此前紛亂的思緒又恢復了正常，他鎮定下來。「聽好了，彼特。我很高興你告訴我你父親經歷過戰爭。我聽到了你說的。你說他是個正派的人，我相信你。」

「他就是！」彼特幾乎要哭出來，他那雙蒼白的眼睛看著湯米，「每當他做了什麼事，他總是感覺很糟糕，那次火災之後他非常——非常焦慮，湯米，連續很多個星期狀態都前所未有的糟糕。」

「沒事的，彼特。」

「並不是沒事。」

「就是沒事。」湯米肯定地說。他向這個男人走過去，把手在彼特的手臂上放了一會兒。隨後他又說：「無論如何，我不覺得是他幹的。我想那天晚上是我忘了關掉機器，你父親很生我的氣，他可能為發生那種事感到傷心。他從沒告訴過你是他幹的，對吧？他臨死之前跟你說起在戰場上殺人的事，但從來沒說過是他燒了穀倉，對吧？」

彼特搖了搖頭。

「那我勸你想開點，彼特。你要應付的事已經夠多了。」

彼特用一隻手順了順頭髮，有一撮翹起來了。他有些困惑地說：「應付？」

「整個鎮上是怎麼對你的我都看在眼裡，彼特。還有你妹妹。我還是個看門人的時候就很清楚了。」湯米感到有些喘不上氣。

彼特輕輕聳了聳肩。他看起來仍然有些困惑。「好吧，」他說，「就這樣吧。」

他們在風中又站了一會兒，接著湯米說他得走了。「等一下，」彼特說，「讓我坐你的車一起過去。是時候把我母親的那個標誌牌弄走了。我一直想做這件事，就現在吧。等一下。」他又說。湯米在車邊等著，彼特走進房子，很快就出來了，手裡拿著一把大鎚。湯米坐到駕駛座上，彼特坐到副駕駛位置，他們一起沿著路開了下去。這個人挨著他時，先前湯米聞到的那股惡臭現在更強烈了。開著車，湯米忽然想起來露西還在上初中的時候，有一次他把一枚二十五分硬幣放在露西常坐的桌子邊。她經常去黑利先生的教室。那個男人教了一年的公民課，之後入伍了，但他一定對露西很好，因為露西總愛去那間教室，即使它後來被改成了科學課教室。於是有一天，湯米把一枚二十五分硬幣留在了她坐的桌子邊。學校剛進了一臺販賣機，冰淇淋三明治二十五美分一個，所以他把那枚硬幣放在露西能看見的地方。那天晚上她回家之後，湯米走進教室，那枚硬幣依然在那裡，連位置都沒動。

他差點就要問彼特和露西還有沒有聯繫，但這時車已經停在了寫著「裁縫改衣」的標誌牌邊，於是他只是說：「到了，彼特。你當心點。」彼特謝過他，從車裡出來。

過了一會兒，湯米瞥了一眼後視鏡，看見彼特・巴頓正在用大鎚猛擊標誌牌。彼特的動作中有種東西——力量——讓湯米一邊開車一邊看得出神。他看見那個男孩——男人——一次又一次擊打標誌牌，似乎愈來愈用力。當湯米的車下降了一點，暫時看不見後面時，他想：等等。當車再次升高，他又看向後視鏡，又看見那個孩子氣的男人憤怒地擊打著標誌牌，動作之猛讓湯米震驚，那個男人擊打標誌牌時的憤怒是如此驚人。目睹這一幕，讓湯米覺得有失體統，這種痛苦中包含的私密性，和男孩的父親那天在穀倉後幹的事一樣。湯米一邊開車一邊意識到：噢，是母親。是母親。她肯定才是那個真正危險的人。

他放慢車速，掉頭往回開。回去的路上，他看見彼特不再擊打標誌牌，正垂頭喪氣地踢著那些碎片。湯米靠近時，彼特抬頭看了一眼，臉上滿是驚訝。湯米俯身搖下副駕駛座的車窗，說：「彼特，上車。」這個男人猶豫著，臉上流著汗。「上車。」湯米又說了一遍。

彼特坐回車上，湯米沿路開下去，又回到了巴頓家。他關掉引擎。「彼特，我要你非常、非常仔細地聽我說。」

彼特的臉上掠過一絲恐懼，湯米把手在他的膝蓋上短暫地放了一下。那種恐懼，他在教室裡嚇到露西那次也曾掠過她的臉。「我想告訴你一件這輩子都沒打算告訴別人的事。在著火那天晚上——」接著湯米向他詳細講述了他如何感到上帝的降臨，上帝如何讓湯米明白一切都會好的。彼特一直認真聽著，時而低頭看看，時而看著湯米，等他講完後，彼特一臉好奇地盯著湯米。

「所以你相信那個？」彼特問。

「我不相信，」湯米說，「但我知道。」

「你連對你妻子都沒說過？」

「從來沒有，沒有。」

「為什麼不呢？」

「我猜生活中總有些事我們不會和別人說。」

彼特低下頭看著他的手，湯米也看著這個男人的手。這雙手讓他吃驚，手掌寬大，手指粗壯，完全是成年男子的手。

「那麼你是說我父親是在做上帝的工作。」彼特緩緩搖著頭說。

「不，我是在告訴你那天晚上我經歷了什麼。」

「我知道。我聽見你跟我說的了。」彼特注視著擋風玻璃外面，「我只是不知道該怎麼理解。」

湯米看著停在房子邊上的卡車，擋泥板在陽光下亮閃閃的。卡車很舊，灰褐色，差不多和房子的顏色相稱。湯米覺得他似乎在那裡坐了很久，看著卡車，看它和房子是那樣相稱。

「跟我說說露西的情況，」湯米接著說，他動了動腳，聽它們劃過車底板上沙礫的聲音，「我看到她出新書了。」

「她挺好，」彼特說，他來了精神，「她過得不錯，書也很好，剛出的時候她就給我寄了一本。我真為她驕傲。」

湯米說：「你知道嗎？她甚至不要我有次留給她的一枚二十五分硬幣。」他告訴彼特他把硬幣留下，後來發現它紋絲未動。

「是的，露西不會拿不是她的錢，哪怕是一便士。」彼特說。他又補充道：「不過我姊姊薇姬，嗯，她就不同了。我打賭她會拿走那二十五美分，而且還想多要些。」他瞥了一眼湯米，「沒錯，她會拿走的。」

「唔，什麼能做什麼不能做，這之間總是有鬥爭。」湯米試著用調侃的語氣說。

彼特說：「什麼？」湯米於是又說了一遍。

「有意思。」彼特說，湯米感覺自己在和小孩而不是成人說話，他又看了看彼特的手。

他們沉默地坐著，汽車引擎發出幾下咔嗒聲。「你問到我母親，」過了一會兒彼特說，「從來沒有人問過我母親的事。但事實是，我不清楚母親愛不愛我們。我並不是很了解她。」他看著湯米，湯米點點頭。「但我父親愛我們，」彼特說，「我知道他愛我們。他很憂愁，噢，天啊，他那麼憂愁。但他愛我們。」

湯米又點了點頭。

「再跟我多講講你剛才說的。」彼特說。

「講什麼？我剛才說什麼了？」

「那種——掙扎，你是這麼說的嗎？關於我們應該做什麼，不應該做什麼。」

「噢。」湯米透過擋風玻璃，看著陽光下那棟安靜、破敗的房子，百葉窗像疲倦的眼瞼般垂下。「好吧，這裡有一個嚴肅的例子。」接著湯米告訴了彼特他哥哥在戰爭中所看到的，那些穿過集中營的女人，她們有些人哭泣，有些則怒不可遏，不願被迫感到悲傷。「我想可以說，總是有掙扎，或者說鬥爭，我覺得是這樣。悔恨，嗯，能夠表現出悔恨——能夠為我們做過的傷害他人的事感到懊悔——才讓我們得以為人。」湯米把手放到方向盤上。「我就是這麼認為的。」他說。

「我父親表現了悔恨。你所說的在他身上都有體現。鬥爭。」

「我想你是對的。」

太陽升得很高，從車裡已經看不見了。

「我從來沒有這樣和人聊過。」彼特說，湯米又一次感到這個孩子氣的男人是如此稚嫩。湯米胸膛深處劃過一絲真實的疼痛，好像和彼特有直接關係。

「我是個老人了，」湯米說，「我想假如我們還想像這樣聊天的話，我應該更經常過來。下下個週六我再來看你怎麼樣？」

湯米吃驚地看到彼特的雙手握成了拳頭，捶在膝蓋上。「不，」彼特說，「不。你不必這樣，不。」

「我想來。」湯米說，接著他覺得——他明白了——他說這話並不是真心的。但這重要嗎？不重要。

「我不需要誰出於義務來看我。」彼特低聲說。

湯米胸中的疼痛愈來愈劇烈。「我不為那件事怪你。」他說。他們並排坐在車裡，車裡此時很熱，湯米能清楚地聞到那股臭味。

很快彼特又說：「好吧，我之前覺得你來是為了折磨我，我想我錯了。我要是覺得你只是來幫助我，這麼想可能也是錯的。」

「我認為你想錯了。」湯米說。但他再次意識到，這不是真心話。事實是，他再也不想來看望這個坐在他身邊、可憐又孩子氣的男人了。

他們又沉默地坐了一會兒。隨後彼特轉向湯米，衝他點點頭。「好吧，回頭見。」彼特說，一邊從車上下來。「謝謝，湯米。」他說。湯米說：「謝謝你。」

※

開車回家的路上，湯米感受到一股輪胎洩氣般的情緒，彷彿在這一生中，他一直被某種空氣持續地填充著，如今都消散了。一路上，他越發感到一種恐懼。他無法理解這種感覺。但他已經說出了他曾經發誓永遠不會說的事——上帝曾在大火那晚降臨到他身邊。為什麼他要說出來？因為他想給予那個一直在瘋狂擊打他母親那塊標誌牌的可憐孩子一些東西。他告訴了這個男孩又有什麼關係呢？湯米不太確定。但湯米感覺他出賣了自己，他說出了永不會說的事，也就使得自己無法得到原諒。這的確讓他恐懼。所以你相信那個？彼特・巴頓這麼問他。

他感到十分不自在。

他悄聲說：「上帝啊，我都做了什麼？」他表現出真的在詢問上帝的樣子。接著他又說：「祢在哪裡，上帝？」但車無動於衷，仍然帶著一絲彼特・巴頓留下的氣息，一路轟鳴。

他比平時開得快一些。成片的大豆田、玉米地和棕色土地從車邊掠過，他只能勉強看清。

回到家，雪莉正坐在前門臺階上。她的眼鏡在陽光下閃閃發亮，他開上狹窄的車道時，她朝他揮手。「雪莉，」他一下車就叫她，「雪莉。」她扶著欄杆從臺階上站起來，一臉擔憂地向他走去。「雪莉，」他說，「我得告訴你一件事。」

在他們狹小的廚房裡，他們在那張小案桌旁坐下。一只細高的玻璃水杯裡裝著芍藥花蕾，雪莉把它推到一邊。湯米把早上在巴頓家發生的事告訴了她，她不停搖著頭，用手背把鼻子上的眼鏡往上推。「噢，湯米，」她說，「噢，那個可憐的孩子。」

「事情就是這樣的，雪莉。不僅僅如此。我還要告訴你另一件事。」

湯米看著他的妻子——她眼鏡後面的藍眼睛，這些天變得有些黯淡了，但白內障手術也留下了微小而明亮的部分——接著他告訴她，像他告訴彼特・巴頓時那樣詳細，大火那晚他是怎樣感受到上帝親臨的。「但現在我覺得這一定是幻想，」湯米說，「這不可能發生，都是我編的。」他攤開雙手，搖著頭說。

他妻子注視了他一會兒。他看見她在注視他，看見她的眼睛一點點變大，在眼角邊流露出一片柔情。她身子前傾，握住他的手說：「可是湯米，為什麼這就不可能發生呢？為什麼你所認為的那天夜裡發生的事，就不能是真的呢？」

於是湯米明白了：他終其一生對她隱瞞的事，其實很容易被她接受，而現在他要對她隱瞞的——他的懷疑（他忽然相信上帝從來沒有到過他身邊）——是一個新的祕密，取代了最初的那個祕密。他把手從她那裡抽走。「或許你是對的。」他說。他又加了一句無關緊要的話，但是句實話：他說，我愛你，雪莉。隨即他抬頭望向天花板，有那麼一會兒他沒法直視她。

風車

幾年前，當早晨的陽光灑進臥室，帕蒂‧奈斯利已經把電視打開了，陽光讓人無法從某些角度看清螢幕上的畫面。帕蒂的丈夫賽巴斯汀那時還在世，她正忙著準備去上班。早些時候，她一直在確認他能應付這一天。那時候他剛生病，她不確定——他們都不確定——最終會是什麼結果。電視上像平常一樣是晨間節目，帕蒂在臥室裡走來走去，偶爾看上兩眼。她正把一只珍珠耳環穿進耳垂，這時聽見女主持人說：「稍後我們將請到露西‧巴頓。」

帕蒂朝電視走過去，瞇起眼看著，幾分鐘後露西‧巴頓——她寫了本小說——出現了，帕蒂喊了聲：「噢，我的天啊。」她走到臥室門口叫道：「西比？」賽巴斯汀走進臥室，帕蒂說：「噢，親愛的，噢，西比。」她幫他躺上床，撫摸著他的額頭。她如今想起這件事——露西‧巴頓上過電視——是因為她當時告訴了賽巴斯汀關於這個女人的事。露西‧巴頓出身極為貧寒，就在附近伊利諾州的阿姆加什。「我不認識他們，因為我是在漢斯頓上的學，但人們談到他們家孩子時總會說，喔，一群蝨子！接著便跑開。」她向丈夫解釋說。帕蒂知道這些的原因是：露西的母親以前做衣服，帕蒂的母親曾經雇她當裁縫。有幾次，帕蒂的母親曾帶帕蒂和她的姊妹們去過露西‧巴頓家。巴頓家住的地方很小，而且一股臭味！但看看現在的露西‧巴頓：喔，她已經成為一名作家，住在紐約。帕蒂說：「看啊親愛的，她好漂亮。」

賽巴斯汀來了興趣。這個故事他聽得津津有味，她都看在眼裡。幾分鐘之後他問了幾個問題，比如，露西看上去是不是和她的兄弟姊妹們不一樣？帕蒂說她不知道，她不認識他們之中的任何一個，真的。但是——有件事很奇怪：露西的父母曾經被邀請參加帕蒂的大姊琳達的婚禮，帕蒂從來沒能理解這件事，她想像不出露西的父親怎麼會有一套西服，他們為什麼會去參加她姊姊的婚禮。賽巴斯汀說，也許你母親在那個時候找不到別人跟她說話，帕蒂意識到他完全說對了。發現了事情的真相，帕蒂的臉變得紅通通的。甜心，賽巴斯汀說，一邊去拉她的手。

幾個月後賽巴斯汀去世了。他們將近四十歲時才認識，只在一起度過了八年。沒有孩子。帕蒂從沒見過比他更好的男人。

※

今天她開車時，把車裡的空調開得很大。帕蒂過胖的體重讓她很怕熱，而現在已經是五月末了，天氣很好——所有人都在說天氣很好——但對帕蒂而言，那實在有點太暖和了。她駛過一片田，玉米還只有幾英寸高，另一片田裡大豆綠油油的，緊貼著地面。接著她穿過鎮子，在街上拐來拐去，有些房子的門廊邊，芍藥正在怒放——帕蒂喜歡芍藥——之後她開到了學校，她是高中部的一名輔導員。她把車停好，在後視鏡裡檢查了下唇上的口紅，用手把頭髮抓蓬鬆了一點，費力地從車裡出來。停車場那頭，安潔莉娜·芒福德正從她的車裡下來，她是教公民的國中部老師，丈夫最近離開了她。帕蒂朝她使勁揮了揮手，安潔莉娜也揮手回應。

帕蒂的辦公室裡有很多文件夾，還有一堆裝在小相框裡的侄子侄女的照片，加上一些大學的小冊子，這些都整齊地擺放在她的檔案櫃上方和桌子上。行事曆本子也放在桌上。莉拉・萊恩錯過了昨天的預約。有人敲門——門是開著的——一個高個子的漂亮女生站在那裡。「進來，」帕蒂說，「是莉拉？」

不安和女孩一起走進了辦公室。她沒精打采地坐在椅子上，看帕蒂的眼神讓帕蒂感到害怕。女孩留著金黃色的長髮，當她伸手把頭髮撩起來搭到肩膀另一側時，帕蒂看見了貫穿她手腕的紋身——就像一道小小的鐵絲護欄。帕蒂說：「莉拉・萊恩，很美的名字。」女孩說：「本來要用我阿姨的名字的，但最後關頭我媽說，見她的鬼去吧。」

帕蒂拿起試卷，用卷子的邊緣拍著桌子。

女孩坐直身子，出其不意地說：「她是個婊子。她以為自己比我們任何人都厲害。我甚至都沒見過她。」

「你從沒見過你阿姨？」

「沒有。她父親，也就是我母親的父親死後，她回來過這裡，之後又走了，我從來沒見過她。她住在紐約，她覺得自己拉的屎都是香的。」

「噢，讓我們看看你的分數吧。分數挺高的。」帕蒂從來不喜歡她的學生說粗話，她覺得很無禮。她朝女孩望過去，又轉頭看著試卷。「級別也不錯。」帕蒂補充道。

「我沒上三年級。我跳級了。」女孩沒好氣地說，但帕蒂似乎聽出了她語氣裡的驕傲。

帕蒂說：「你很棒。這樣的話，我猜你一直是個好學生。他們不會無緣無故允許你跳級的。」她愉快地朝那個女孩揚起眉毛，但莉拉正在四下打量她的辦公室，仔細地研究那些小冊子和帕蒂侄子侄女們的照片，最後她的目光在牆上的一幅海報上停留了很久。海報中一隻小貓正懸在一根樹枝上，貓的下面用印刷體印著「堅持住」幾個字。

莉拉回頭看著帕蒂。「什麼？」她說。

「我說，他們不會無緣無故允許你跳級。」帕蒂重複。

「他們當然不會。老天爺。」女孩把她的一雙長腿挪了個方向，但她仍舊癱坐著。

「好吧。」帕蒂點點頭，「那你將來怎麼打算？你成績很好，分數都不錯——」

「這些是你的孩子嗎？」女孩瞇起眼，手一揮指著照片問。

「他們是我的侄子和侄女。」帕蒂說。

「我知道你沒有孩子，」女孩冷笑著說，「你怎麼會沒有孩子呢？」

帕蒂的臉上微微一紅。「就是沒有罷了。現在來聊聊你的前途吧。」

「因為你從來沒跟你丈夫做過？」女孩大笑著說，露出一口壞牙，「你知道，大家都這麼說。胖子帕蒂從來沒跟她丈夫伊果做過，從來沒跟任何人做過。人們說你還是個處女。」

帕蒂把試卷平放在桌子上。她感覺臉火辣辣地燒著。有一會兒她的視線模糊了，她聽見牆上掛鐘的滴答聲。即使在最瘋狂的夢中，她也不曾預料到即將從自己嘴裡說出來的話。她死死盯著女孩，聽見自己說：「馬上從這裡滾出去，你這個髒東西。」

女孩似乎吃了一驚，但很快又說：「嘿，哇噢。他們說對了。噢，我的天啊！」她捂著嘴，發出一陣愈加持久而深沉的笑聲，帕蒂感覺那笑都要從她的嘴裡溢出來了，就像恐怖電影裡某種生物吐出的膽汁。「對不起，」女孩過了一會兒說，「對不起。」

不知怎的，帕蒂突然知道了這個女孩是誰。「你阿姨是露西・巴頓。」帕蒂說。她又添了一句：「你看起來很像她。」

女孩站起來走出了房間。

帕蒂關上辦公室的門，打電話給姊姊琳達，琳達住在芝加哥郊外。汗水潤濕了帕蒂的臉，她覺得腋窩也被汗弄得黏糊糊的。

她姊姊接起電話，說：「琳達・彼得森－康奈爾。」

「是我。」帕蒂說。

「我猜到了。電話上顯示的是你學校。」

「噢，那怎麼會——聽著，琳達。」她告訴了她姊姊剛剛發生的事。帕蒂說得很急，沒提她對女孩說的那句話。「你敢相信嗎？」她最後說。她聽見姊姊嘆了口氣。過了會兒，琳達說她永遠也想不通帕蒂是怎麼做到和青少年一起工作的。帕蒂回答說她沒領會重點。

琳達說：「不，我不是沒領會。重點就是莉拉・萊恩，露西・巴頓，莉拉這個，露西那個。但誰在乎她們？」短暫的沉默後，琳達接著說：「說真的，帕蒂，露西・巴頓的外甥女這麼混蛋，這一點也不意外，我是認真的。」

「你為什麼這麼說？」

「沒有為什麼。你不記得她們了嗎？她們就是人渣，帕蒂。上帝啊，我剛想起來她們有個——什麼來著？表兄弟，我想是？那個男孩叫艾貝爾。上帝啊，他可真了不得。他有次站在查特溫蛋糕鋪後面的垃圾箱裡翻垃圾，想找些吃的。他有那麼餓嗎？他為什麼要那樣？但我記得他這麼幹時一點也沒不好意思。我記得露西跟他在一起。那讓我渾身發抖。坦白說，我現在想到還是會發抖。他妹妹叫多蒂，一個皮包骨頭的女孩。多蒂・布萊恩和艾貝爾・布萊恩。我還記得他們，這有點不可思議。但我怎麼會忘呢？我之前從沒見過有人在垃圾箱裡找吃的。他還是個帥氣的男孩子。」

「天啊。」帕蒂說。她臉上的熱度開始消退。她問：「露西的父母不是去參加過你的婚禮嗎？你第一次結婚的時候。」

「我不記得了。」琳達說。

「你明明記得。他們怎麼會去參加你的婚禮？」

「因為她邀請了他們，這樣才有人跟她說話。看在上帝的分上，帕蒂，忘了這些吧。我已經忘了。」

帕蒂說：「好吧，也許你忘了，但你還保留著他的姓。彼得森。你們結婚才一年。」

琳達說：「我到底為什麼要把姓改回奈斯利？我無法理解你幹麼一直留著。奈斯利家的漂亮女孩。被別人叫做奈斯利家的漂亮女孩，這太可怕了。」

帕蒂心想：這並不可怕。

琳達接著說：「你最近去看我們那位還沒升天的母親了嗎？她這些日子又幹了什麼傻事？」

帕蒂說：「我打算下午去那裡看看。有些天沒去了。我得確保她一直有在吃藥。」

「我才不關心她吃沒吃呢。」琳達說，帕蒂說她知道這一點。

帕蒂又說：「你心情不好，還是怎麼了？」

「不，沒有。」琳達說。

※

這天是星期五，下午在鎮子上，帕蒂拿著工資支票去了趟銀行，走在人行道上的時候，她往書店裡看了一眼，瞅見了——就擺在陳列架正前方——露西・巴頓的一本新書。「我的天啊。」帕蒂說。查理・麥考利在書店裡，帕蒂看到他後差點想走出去，因為他是除賽巴斯汀之外她唯一愛的男人。她真的愛他。她並不是很了解他，但她喜歡他很多年了，小鎮上的人都是這樣，互相認識但也互相不了解。在西比的葬禮上，當她轉頭看見他獨自坐在後排，她立刻——立刻——神魂顛倒地愛上了他，自那以後她就一直愛著他。他帶著他的孫子，小男孩在上小學，當查理抬頭看見帕蒂時，他的面容舒展了，點了點頭。「嗨，查理。」她說，隨後她問了店主露西・巴頓的新書的事。

是一本回憶錄。

回憶錄？帕蒂拿起書翻了翻，但查理離得這麼近，她一個字也沒看進去。帕蒂拿著書去收銀臺結帳。她出門時瞥了查理一眼，他衝她揮揮手。查理・麥考利老得夠當她父親了，不過如果她父親還在世，他應該比她父親年輕些。但查理至少比帕蒂大二十歲，他年輕時參加過越南戰爭。帕蒂說不清她是怎麼知道這些的。他的妻子相貌十分普通，而且骨瘦如柴。

帕蒂的房子和鎮中心隔著幾條街。房子不大，但也不小，是她和西比合夥買的，有一個前門廊和一個小小的側門廊。側門廊邊上種的芍藥花頭碩大，還有一些鳶尾也開花了。透過廚房的窗戶能看見那些鳶尾，她從櫥櫃裡拿出一盒餅乾——是尼拉牌威化餅乾，還剩半盒——接著走進客廳，坐下來一塊接一塊地吃掉。之後她又回到廚房，喝了一杯牛奶。她打電話給母親，說她大概一小時後過去，她母親說：「噢，好呀。」

樓上，陽光透過窗戶灑進走廊裡。地板上到處都是結成小團的灰塵。「天哪。」帕蒂說。她坐在床上，說了好幾遍。「噢，天哪，噢，天哪。」她說。

到漢斯頓鎮的車程是二十英里，帕蒂開車經過田野時，陽光依舊耀眼。有些田裡種著玉米幼苗，有些是棕色的，有一塊田在她駛過時正在翻耕。隨後她來到了風力發電機所在的地方，地平線上排列著一百多臺，這些巨大的白色風車將近十年前就豎立在這片土地上了。它們讓帕蒂著迷，一直如此，它們白色的長臂都以同樣的速度攪動著空氣，然而卻並不同步。她想起眼下的一起訴訟，經常有這類案子，關於風車對鳥類、鹿和農田的危害，但帕蒂喜歡這些白色的大傢伙，它們細長的臂桿以略顯古怪的動作對抗著天空，產生能源——很快它們落在了她身後，眼前再次只剩種滿玉米幼苗和油亮大豆的農田。就是在這些玉米地裡——在它們枝繁葉茂的夏季——到了十五歲時，她讓男孩們壓在她的身體上，他們的嘴唇肥大，充滿彈性，他們的傢伙鼓起在褲子裡，她喘息著，把脖子露出來讓他們親吻，在他們身上磨蹭，但——真的嗎？——她無法忍受她無法忍受她無法忍受。

帕蒂開進鎮子，這裡自她長大之後就幾乎沒什麼變化。樣式過時的黑色街燈，燈泡裝在頂部的燈箱裡。還有那兩家餐廳、禮品店、投資公司、服裝店——都有著同樣的綠色雨篷和黑白招牌。要去母親的房子，她必須經過她在其中長大的那個家，一幢漂亮的紅房子，有黑色的百葉窗和一個寬敞的門廊，上面掛著一架鞦韆椅。很小的時候，帕蒂和母親在鞦韆椅上一坐就是好幾個小時，她蜷縮在母親肚子邊，弄皺了母親的連身裙，頭上傳來母親的笑聲。她的父親在那座房子裡一直住到去世，就在西比去世的前一年。現在的房主是兒女眾多的一家子，帕蒂——每次開車經過時——總是別過頭看另一個方向。穿過鎮子再開一英里，就到了母親的小白房子那裡。帕蒂開上車道時，看見母親透過前門的簾子盯著外面，接著帕蒂打開側門進屋，聽見她的枴杖重重地敲在地板上。帕蒂長大了多少，母親就變小了多少，這是她如今每次見到母親時的想法。「嘿。」帕蒂說，俯身親吻母親臉旁的空氣。她站直身子說：「我買了些吃的給你。」

「我不要吃的。」她母親穿著一件毛巾布睡袍，她拉了一下腰帶。

帕蒂拆開烘肉卷、涼拌生菜絲和馬鈴薯泥，把它們放進冰箱。「你得吃點東西。」帕蒂說。

「我一個人坐著就什麼也不想吃。你能留下來陪我吃嗎？」母親透過她碩大的眼鏡朝上看著她，眼鏡已經從鼻梁上滑下來了一點。「求求你了。」帕蒂快速地閉了下眼睛，點了點頭。

帕蒂布置餐桌時，她母親坐在椅子裡，兩腿在睡袍下叉開，抬頭看著帕蒂。「見到你真是好極了。我好久沒見你了。」

「我三天前來過。」帕蒂說。她朝流理臺轉過身去，母親稀疏的頭髮——頭皮清晰可見——停留在她的思緒中，她內心感到自己崩潰了。回到餐桌邊，她拉過一把椅子，說道：「我們得談談你到『金樹葉』安養院的事。還記得我們談過這事兒嗎？」母親的臉上似乎顯出了困惑，她緩緩搖頭。「你今天穿好衣服了嗎？」帕蒂問。

她母親低頭看著腿上的睡袍，又抬頭看看帕蒂。「沒有。」她說。

※

在聖路易斯的一次會議上，帕蒂認識了她的丈夫。會議是關於解決低收入家庭孩子的問題的，但賽巴斯汀與此無關。他在飯店的房間挨著帕蒂，他在那裡也有會議要參加，他是個機械工程師。「又見面啦！」他們走出各自的房間時帕蒂說。晚上他倆各自回房時她就見過他了。他是個什麼樣的人她還無法確定，但他讓她感覺十分舒服。她當時因為服用抗憂鬱藥物已經開始發胖，而在她預定的婚期前僅僅幾週的時候，她中止了這場婚禮。他們最初交談的那幾次，賽巴斯汀甚至都不看她。但他是個英俊的男人，瘦高，面龐瘦削，頭髮偏向一邊。他的眉毛很粗，像在額頭上連成了一條線，眉毛下方雙眼凹陷。她就是喜歡他。會議結束時她要到了他的郵箱地址，她永遠不會忘記他們之間的郵件往來。短短幾週內他寫道：如果我們要做朋友的話，帕蒂，有些關於我的事應該讓你知道。幾天之後他又寫道：我遇到了一些事。可怕的事。它們讓我和其他人不一樣。他住在密蘇里州，她寫信讓他來伊利諾州的卡萊爾時他同意了，這讓她很意外。那之後，他們就在一起了。她怎麼會知道——她不曾知道——他一次又一次地被他繼父當成小男孩玩弄？賽巴斯汀很難忍受和別人相處，但一開始他就看著她，詳細地告訴了她他經歷的事，他對她說，帕蒂，我愛你，但我做不了。我就是做不了那個，我希望我可以。她說：「沒關係，我也忍受不了那個。」

在他們的婚床上，他們握住彼此的手，但從未更進一步。尤其在頭幾年裡，他經常做可怕的夢，他會踢被子並發出尖叫，聲音駭人。她注意到每當這時他都很亢奮，而她總是確保只觸碰他的肩膀，直到他平靜下來。然後她替他擦拭額頭。「沒事的，親愛的。」她總是說。他則盯著天花板，雙手握拳。謝謝你，他說。他轉過臉看她，謝謝你，帕蒂，他說。

「告訴我，告訴我。跟我說說。你怎麼樣？」她母親把一叉子烘肉卷塞到嘴裡。

「我挺好。明天晚上我要去看安潔莉娜。她丈夫把她甩了。」帕蒂把馬鈴薯泥抹在烘肉卷上，再把奶油塗到馬鈴薯泥上。

「我不知道你在說誰。」她母親把叉子放在餐桌上，疑惑地看著她。

「安潔莉娜，芒福德家的女孩之一。」

「哈。」她母親緩緩點著頭，「噢，我知道了。她的母親是瑪麗・芒福德。肯定是。她這人不怎麼樣。」

「誰不怎麼樣？安潔莉娜是個很好的人。我一直覺得她母親真的很友善。」

「喔，她是挺友善。她只是不怎麼樣。我想她是密西西比人。她嫁給了那個叫芒福德的男孩，他很有錢，之後她就有了那幾個女孩和一大堆錢。」

帕蒂張開嘴。她想問她母親還記不記得，瑪麗・芒福德幾年前離開了那個有錢的丈夫，在她七十多歲的時候，她還記得嗎？但帕蒂不會問的。她不會告訴母親她和安潔莉娜成為朋友的原因：她們的母親都離開了。

我想殺了他，賽巴斯汀曾對帕蒂說。我真的想殺了他。「你當然想。」她說。我還想殺了我母親，他說。帕蒂說：「你當然想。」

帕蒂四下打量著母親的小廚房。廚房裡一塵不染，這都是奧爾嘉的功勞，她是個比帕蒂年長的女人，每週過來兩次。她身旁的桌子是油布面的，邊角已經開裂，藍色的窗簾嚴重褪色。從帕蒂坐著的地方，順著走廊到客廳的角落，能看見那張藍色的懶人沙發，這麼多年過去了，她母親一直不給扔。

她母親正在念叨——這些天來她經常這樣——過去的事。「俱樂部裡跳的那些舞，我的天啊，多有意思。」她停了停，難以置信地搖著頭。

帕蒂又在馬鈴薯上放了厚厚的一塊奶油，她吃掉馬鈴薯，把盤子推到一邊。「露西・巴頓寫了一本回憶錄。」她說。

她母親說：「你說什麼？」帕蒂又說了一遍。

「我想起來了，」她母親說，「他們之前住在一間車庫裡，後來那個老男人死了——是個什麼親戚，我不知道——他們搬到了房子裡。」

「一間車庫？我記得去過的地方就是那？一間車庫？」

她母親過了一會兒說道：「我不知道，我不記得了，但她非常便宜，所以我用了她。她做得很好，而且幾乎不收一分錢。」又過了好一陣子，她母親又說：「幾年前我在電視上看到露西。那時她風光無限。她寫了本書之類的。住在紐約。有點瘋。派頭挺足。」

帕蒂不安地深吸了一口氣。她母親伸手去拿涼拌生菜絲，她的睡袍敞開了一點點，帕蒂看見了——一閃而過——睡袍下面乾癟的小乳房。幾分鐘後帕蒂站起身，把桌子收拾乾淨，飛快地洗完盤子。「我們來檢查一下你的藥。」她說，她母親鄙夷地揮了揮一隻手。帕蒂走進臥室，找到裝著每日定額劑量的罐子，她發現母親從她上次來過之後就沒吃過一次藥。帕蒂把罐子拿到母親面前，又解釋了一遍每一種藥的重要性，她母親說：「好吧。」她服下帕蒂遞給她的藥丸。「你需要這些藥，」帕蒂告訴她，「你總不想中風吧。」至於延緩失智的藥，她提都沒提。

「我才不會中風。中風個鬼。」

「行，回頭見吧。」

「你過得很好，」她母親站在門口說，「那些抗憂鬱藥讓你發胖了，真糟糕，但你還是很漂亮。你確定你得走了嗎？」

帕蒂沿著車道朝她的車走去，她大聲說了一句：「噢，我的天啊。」

※

太陽剛落山，帕蒂離家還有一半路程的時候——已經路過了風車——滿月正從天邊升起。她父親死的那天晚上也是滿月，在帕蒂心裡，每當月圓之時，她都感覺父親正在看著她。她的手指在方向盤上搖了搖，當作和他打招呼。愛你，爸爸，她輕聲說。她也是在對西比說，某種程度上，他們在她心裡合二為一。他們在上面看著她，她知道月亮不過是一塊岩石——岩石！——但看到滿月總讓她感覺她的男人們在那裡，就在上面。等著我，她輕聲說。因為她知道——她差不多知道——等她死了，她又會和她父親還有西比在一起了。謝謝你，她輕聲說，因為她父親剛剛告訴她，她能照顧她母親真是太好了。他現在這麼寬容，是死亡改變了他。

回到家，她走時留著的燈光讓房子顯得很溫馨。讓燈一直開著，這是她在獨居生活中學到的許多事之一。然而，當她放下皮包，穿過客廳時，一種可怕的感覺襲來。她度過了糟糕的一天。莉拉・萊恩讓她大受震動，假如這個女孩舉發她，告訴校長帕蒂罵她是髒東西怎麼辦？她做得出來，莉拉・萊恩。她很擅長這一套。帕蒂的姊姊幫不上忙，打電話給另一個姊姊也沒有意義，她住在洛杉磯，從來說不上話，她的母親——噢，她的母親……

「胖子帕蒂。」帕蒂大聲說出這幾個字。

帕蒂在沙發上坐下，環顧四周。這座房子看上去有點陌生，而她已經明白，這是個不祥之兆。她的嘴裡還有烘肉卷的味道。「胖子帕蒂，準備去睡覺吧。」她大聲說著，站起身，用牙線剔牙，接著刷牙洗臉。她抹上面霜，這讓她感覺稍微好了點。翻皮包找手機的時候，她看到了之前塞進去的露西・巴頓的那本小書。她坐下來端詳著封面。上面是一棟黃昏時的都市大廈，燈火輝煌。接著她開始讀起來。「天啊，」看了幾頁後她說，「我的天啊。」

※

第二天早上，星期六，帕蒂用吸塵器把樓上樓下打掃了一遍，換了新床單，洗了衣服，仔細檢查了信箱，把商品型錄和廣告傳單都扔了出去。然後帕蒂進城買了些雜貨，還買了一些花。她已經很久沒有給家裡買過花了。整整一天，她都感覺口腔後面的縫隙裡塞進了一塊黃色的糖，可能是奶油硬糖，她知道這份私密的甜蜜正來自露西・巴頓的回憶錄。帕蒂不時地搖著頭，響亮地發出一聲「哈」。

下午她給母親打電話，是奧爾嘉接的。帕蒂問她能不能每天都來，而不是一週來兩天，奧爾嘉說她要考慮一下，帕蒂說她能理解。然後帕蒂請她讓母親接電話。「誰啊？」她母親問。帕蒂說：「是我，帕蒂，你女兒。我愛你，媽媽。」

她母親立刻說：「噢，我也愛你。」

這之後，帕蒂不得不躺下。她說不上來她上次告訴母親她愛她是什麼時候了。小時候她經常這麼說，甚至在她母親同意帕蒂不用再參加女童子軍的那個早上可能也說過。當時帕蒂剛上高中，她母親說：「噢，帕蒂，沒事的，你已經長大了，可以自己決定。」她母親站在廚房裡，把裝在紙袋裡的午餐遞給她，那才是她，帕蒂的母親。當天中午帕蒂因為痛經——

帕蒂曾有嚴重的痛經——從學校回到家，聽見父母的臥室裡傳來最驚人的聲音。她的母親在哭泣，喘息，尖叫，還有拍打皮膚的聲音，帕蒂跑上樓，看見母親正騎在德萊尼先生——帕蒂的西班牙語老師！——身上，她母親的乳房晃來晃去，那個男人拍著她母親的屁股，他的嘴伸上去含住她母親的乳房，她的母親哀號著。帕蒂永遠忘不了她母親的眼神，那麼瘋狂。她母親無法讓自己停止哭喊，這就是帕蒂看見的，她母親的乳房和她母親看她的眼神——卻無法阻止從自己口中發出的聲音。

帕蒂轉身跑進了自己的臥室。幾分鐘後，她聽見德萊尼先生下樓的腳步聲，母親走進她的房間，裹著一件家居袍，說道：「帕蒂，我向上帝發誓，你絕不能告訴任何人，等你長大一點，你會明白的。」

帕蒂沒想過她母親的乳房有那麼大，她看見它們無拘無束地在那個男人上面晃蕩。

幾天之內，可怕的情景出現在這個曾經如此寧靜而平凡（帕蒂甚至都不曾意識到這一點）的家中。事實上，帕蒂沒有告訴任何人她看到了什麼，她不知道如何措詞，但她再也沒有去上德萊尼先生的課，後來——噢，這太突然了！——她母親在一次告解時爆發了，之後搬進了鎮上的一間小公寓裡。帕蒂只去看過她一次，公寓的角落裡有一張藍色的懶人沙發。整個鎮都在談論她母親和德萊尼先生的韻事，對於帕蒂，她感覺像是自己的頭被砍掉了，正在遠離她的身體。那真的極為怪異，而且持續不斷，那種感覺。她和姊姊們看著父親哭泣。她們看著他咒罵，神情變得冷漠。他以前從來不會這樣，他不哭，不咒罵，神情也不冷漠。而他就變成了這樣的人，這個家——就好像他們不過是一直無辜地坐在湖上的一艘小船裡——不復存在，變成了從未想像過的樣子。鎮上談論不休。作為家裡最小的孩子，帕蒂只得忍受最漫長的等待，直到一切過去。到了聖誕節，德萊尼先生已經離開鎮子，留下帕蒂母親一人。

當帕蒂開始和班上的男生去玉米地，甚至在很久之後，當她有了真正的男朋友，她和他們幹那事的時候，她母親的形象總是浮現出來，沒穿上衣，沒戴胸罩，乳房晃來晃去，那個男人抓住一邊放到嘴裡——不，帕蒂無法忍受這一切。她自己的興奮帶來的，永遠是痛苦而可怕的羞恥。

※

安潔莉娜還是那麼苗條，看著很年輕，雖然她比帕蒂還要大幾歲。但當帕蒂在「山姆家」餐廳的鏡子裡瞥見她們倆，她覺得她，帕蒂，看上去更年輕——安潔莉娜則略顯憔悴。帕蒂正要告訴安潔莉娜露西・巴頓出書的事，但她們剛坐下來，安潔莉娜的綠眼睛就淚水漣漣，帕蒂越過桌子撫摸著朋友的手。安潔莉娜舉起一根手指，她很快又能說話了。「我簡直恨死他們倆了。」她說，帕蒂說她都懂。「他跟我說，『你愛上你母親了』，我驚訝極了，帕蒂，我就那麼盯著他——」

「天啊。」帕蒂嘆了口氣，靠坐在椅子上。

幾年前，安潔莉娜的母親在七十四歲的時候，離開了鎮子——離開了她丈夫——到義大利嫁給一個小她將近二十歲的人。這件事讓帕蒂十分同情安潔莉娜。但她現在想說：聽聽這個！露西・巴頓的母親對她女兒非常差，她父親——噢，上帝啊，她父親……但露西愛他們，她愛她母親，她母親愛她！我們都是一團糟，安潔莉娜，我們拚盡所能，愛得不完美，安潔莉娜，但這沒關係。

帕蒂一直迫切地想把這些告訴她的朋友，但此時她感覺這些話聽起來是多麼無謂——簡直是愚蠢。於是帕蒂聽安潔莉娜說起她的孩子們，他們在上高中，即將離開家遠走高飛，聽她說起她母親在義大利，給所有女兒們——安潔莉娜有四個姊妹——寫電子郵件，而安潔莉娜是其中唯一一個沒去看過她母親的，但安潔莉娜在考慮這件事，也許她今年夏天會去。

「噢，去吧，」帕蒂說，「一定要去。我覺得你應該去。我是說，她老了，安潔莉娜。」

「我知道。」

帕蒂意識到安潔莉娜很想聊她自己的事，不過這並沒有困擾帕蒂，她只是注意到了而已。她也能理解。她明白，每個人大多時候都只對自己感興趣。也有例外，西比就對她感興趣，她對他也懷有強烈的興趣。這是一層保護你不受世界傷害的皮膚——這分對與你共度一生的人的愛。

過了一會兒，喝到第二杯白葡萄酒時，帕蒂跟安潔莉娜說了莉拉・萊恩的事，但她只說了「胖子帕蒂」的部分，以及他們都認為她是個處女。接著她說：「你知道，露西・巴頓寫了——」

「噢，看在上帝的分上，」安潔莉娜說，「你還是這麼漂亮，帕蒂。千真萬確，別聽那種鬼話，沒人那麼說你，帕蒂。」

「有可能說過。」

「我從沒聽過，我可是整天聽小孩們說話的。帕蒂，你還會遇到別的男人的。你很美，真的。」

「查理・麥考利是唯一讓我感興趣的男人。」帕蒂說。酒後吐真言。

「他老了，帕蒂！你知道，他這人不正常。」

「哪方面不正常？」

「我是說他幾年前參加過越南戰爭，而且他——你知道的，他有嚴重的創傷後壓力症候群。」

「真的嗎？」

安潔莉娜微微聳了聳肩。「聽說的。我不知道是誰說的。但幾年前我就聽說了。我不知道，真的。他妻子——唔，你有機會，帕蒂。」

帕蒂笑了。「他妻子看上去人很好。」

「噢，得了吧，她是個提心吊膽的老東西。我是認真的，去跟查理兜兜風吧。」

帕蒂覺得要是自己什麼也沒說就好了。

但安潔莉娜似乎沒注意到。她只想談論她自己——還有她丈夫。「那天晚上我在電話裡直接問他，你要開始走離婚手續了嗎？他說不，他不想那麼做。我就不問了。我不懂他既然要走，為什麼又不想離婚。噢，帕蒂！」

在停車場，安潔莉娜用雙臂環住帕蒂，她們擁抱了一會兒，緊緊地摟在一起。「我愛你。」帕蒂上車後安潔莉娜喊道。帕蒂說：「我也愛你。」

帕蒂小心地開著車。紅酒讓她感覺敏銳，雖然服用抗憂鬱藥期間不應該喝酒。此時她感到思緒開闊，想到了很多事。她想起賽巴斯汀，好奇是否有人在他告訴她之前，就知道了那些她不知道的事——那些發生在他身上的不可言說的事。她現在懷疑是不是早就暴露了。有些事暴露了，肯定的。她想起來有天在服裝店裡，她和賽巴斯汀正要離開，聽見一個年輕的店員對另一個店員說：「她像養了一條狗一樣。」

在露西・巴頓的回憶錄裡，露西寫到，人們總是希望感覺高人一等，帕蒂覺得正是如此。

今晚，月亮幾乎在帕蒂身後，她從後視鏡裡看到它，衝它眨了眨眼。她想起了姊姊琳達。琳達說她不明白帕蒂怎麼能忍受和青少年在一起的工作。帕蒂開著車，一邊搖著頭。好吧，那是因為琳達從來就不懂。除了賽巴斯汀沒有人懂。西比死後，帕蒂去看過心理師。她本來打算告訴這個女人。但這個女人穿了一件海軍藍運動衣，坐在一張大書桌後面，她問帕蒂對父母離婚有什麼感受。很糟，帕蒂說。帕蒂不知道怎樣才能找個理由不去見這個心理師，直到她說了謊，說她付不起錢了。

此時，當帕蒂開進家裡的車道，看見她走時留下的燈光，她意識到露西・巴頓的書理解了她。就是這樣——那本書理解了她。黃色糖果的甜味還留在她的口中。露西・巴頓也有自己的羞恥，噢，那是怎樣的羞恥啊。而她很快就從中脫身了。「呵。」帕蒂說，一邊熄滅引擎。她在車裡坐了幾分鐘，最後下車走進了屋子。

※

星期一早上，帕蒂給班導留了一張便條，讓莉拉・萊恩去她的辦公室，但當女孩在下一節課出現時，她還是吃了一驚。「莉拉，」帕蒂說，「進來。」

女孩走進帕蒂的辦公室，帕蒂說：「坐吧。」女孩警惕地看著她，但她立刻開口說：「我打賭你想讓我道歉。」

「不，」帕蒂說，「不是。我今天讓你來，是因為上次你在這裡的時候，我罵你是髒東西。」

女孩一臉困惑。

帕蒂說：「你上週在這裡的時候，我罵你是髒東西。」

「你罵了嗎？」女孩問。她緩緩坐下。

「我罵了。」

「我不記得了。」女孩不是在鬥氣。

「在你問我為什麼沒有孩子，說我還是處女並叫我『胖子帕蒂』之後，我罵你是個髒東西。」

女孩狐疑地盯著她。

「你不是髒東西。」帕蒂停了停，女孩等著，帕蒂接著說，「我在漢斯頓長大的時候，我父親是一座飼料玉米農場的經理，我們很有錢。衣食無憂，可以這麼說。我們的錢夠多了。我實在沒必要罵你——罵任何人——是個髒東西。」

女孩聳聳肩。「我確實是。」

「不，你不是。」

「噢，我猜你是生氣了。」

「我當然生氣了。你對我真的很粗魯。但那並不意味著我可以說那種話。」

女孩看上去很疲憊，她的眼睛下面有黑眼圈。「我不會為這個煩心，」她說，「如果我是你，我就不會再想這件事了。」

「聽著，」帕蒂說，「你的分數很高，成績優異。只要你想，你就可以去上大學。你想去嗎？」

女孩流露出些許驚訝。她聳聳肩。「我不知道。」

「我丈夫，」帕蒂說，「覺得他自己是個髒東西。」

女孩看著她。過了會兒女孩說：「他真這麼想？」

「是的。因為他身上發生過的事。」

女孩用那雙憂傷的大眼睛看著帕蒂。最後她長嘆一聲。「噢，天啊，」她說，「好吧。我很抱歉說了關於你的那些蠢話。你的那些事。」

帕蒂說：「你才十六歲。」

「十五歲。」

「你才十五歲。我是個成年人，我才是那個做錯事的人。」

帕蒂吃驚地發現，淚水開始從女孩的臉龐上滾落，她用手擦拭著。「我只是累了，」莉拉說，「我只是太累了。」

帕蒂起身關上辦公室的門。「親愛的，」她說，「聽我說，甜心。我可以為你做點什麼。我能讓你進一所大學。有地方可以弄到錢。我說過，你的成績很優秀。看到你的成績我嚇壞了，你的分數真的很高。我的成績不如你，可我也上了大學，因為我父母出得起錢。但我能讓你進大學，你可以的。」

女孩頭枕著手臂趴在帕蒂的書桌上。她的肩膀顫抖著。過了幾分鐘，她抬起目光，臉上濕濕的，她說：「對不起。每當有人對我好——上帝啊，我真受不了。」

「沒事的。」帕蒂說。

「不，不是的。」女孩又哭了，出聲地哭個不停。「噢，上帝啊。」她說，一邊抹著臉。

帕蒂遞給她一張紙巾。「沒事的。我是說真的，一切都會沒事的。」

※

那天下午豔陽當空，陽光披灑在郵局的臺階上，帕蒂從上面走過。查理·麥考利正在郵局裡。「嗨，帕蒂。」他說，點了點頭。

「查理·麥考利，」她說，「這些日子到哪都能見到你。你好嗎？」

「還活著。」他朝門口走去。

她檢查了郵箱，把信件拿出來，然後意識到他已經走了。但她走出去時發現他坐在臺階上，讓她吃驚的是——只是沒有那麼吃驚——她挨著他坐了下來。「哇噢，」她說，「我這一坐下可能就起不來了。」臺階是水泥的，雖然有陽光照下來，她透過褲子仍然感到了一絲涼意。

查理聳聳肩。「那就別起來。我們就這麼坐著吧。」

後來的很多年裡，帕蒂都會在腦海中回味這件事，他們坐在臺階上，似乎置身於時間之外。街對面是五金行，再過去是一間藍屋子，下午的陽光照亮了屋子的一側。她想起了高大的白色風車。它們纖細的長臂全部轉動起來，卻從不同步，只是偶爾有兩臺風車會齊齊轉動，它們的手臂懸停在同一個位置。

最後查理說：「你最近還好嗎，帕蒂？」

她說：「是的，我挺好。」她轉過去看著他。他的眼睛好像永遠地退了回去，它們是那麼深邃。

過了會兒，查理說：「你是個中西部女孩，所以你說挺好的。但事情可能並不總是挺好的。」

她什麼也沒說，只是看著他。她看見他喉結正上方有一小片忘了刮，上頭有幾根白鬍子。

「你當然不用告訴我有什麼不好，」他說，直直地看著前方，「我也肯定不會問。我只是想說有時候」——他轉而望向她的眼睛，她注意到他的眼睛是暗藍色的——「有時候事情沒那麼好，一點也不好。事情並不總是挺好的。」

噢，她想說，想把手放到他的手上。因為他說的正是他自己，她才想到了這個。噢，查理，她想說。但她安靜地坐在他身邊，一輛汽車從大街上開過，接著又是一輛。「露西・巴頓寫了本回憶錄。」帕蒂終於說。

「露西・巴頓。」查理盯著正前方，瞇起眼睛。「巴頓家的孩子，天啊，那個可憐的男孩，最大的那個。」他輕輕搖了搖頭。「老天爺。可憐的孩子們。我的老天爺。」他看著帕蒂，「我猜那是一本悲傷的書？」

「不是。至少我不這麼認為。」帕蒂想了想。她說：「那本書讓我感覺好多了，讓我覺得沒那麼孤單了。」

查理搖搖頭。「噢不。不，我們總是孤單的。」

他們在一種友善的沉默中坐了很久，陽光打在他們身上。隨後帕蒂說：「我們並不總是孤單的。」

查理轉過去看著她。他什麼也沒說。

「我能問問你嗎？」帕蒂說，「大家是不是都覺得我丈夫很奇怪？」

查理頓了一會兒，似乎在考慮。「也許吧。在這裡我總是最後一個知道別人在想什麼的人。賽巴斯汀在我看來是個好人。很痛苦。他很痛苦。」

「嗯。是的。」帕蒂點點頭。

查理說：「我很遺憾。」

「我知道。」陽光明晃晃地灑在藍屋子上。

又過了很久，查理再次轉過去看著她。他張開嘴好像要說什麼，但隨即搖搖頭，又一次閉上了嘴。帕蒂感覺——雖然並不知道——她明白他要說什麼。

她飛快地碰了一下他的手臂，他們就坐在太陽底下。

碎裂

當琳達・彼得森－康奈爾見到那個將要在她家住上一個星期的女人時，她想：噢，就是她了。女人叫伊馮・塔特爾，帶她來這座房子的是另一個參加攝影節的女人，凱倫－露西・陶斯，琳達歡迎伊馮時，她就安靜地站在她身邊。伊馮很高，棕色的頭髮微微鬈曲，垂至肩部。她的臉十年前可能非常漂亮。如今她眼睛下面的皺紋讓那雙藍眼睛的神色變得黯淡了，而作為一個顯然年過四十的人——琳達五十五歲——伊馮的妝也化得太濃了。伊馮的涼鞋是軟木高跟的，這讓她更高了。它們向琳達洩露了一個事實：年輕時的伊馮很可能家境不佳。鞋子總是能出賣你。

在琳達和傑伊・彼得森－康奈爾家的花園裡，有兩座出自亞歷山大・考爾德之手的雕塑，都擺在那個巨大的碧藍色游泳池的一側。房子內部，客廳的牆上掛著兩幅畢卡索和一幅愛德華・霍普的畫。通往會客區的坡面走廊的盡頭，還有一幅菲利普・葛斯頓的早期畫作。

「來吧。」琳達帶路，那兩個女人跟著她穿過走廊，轉過一個拐角，再走過長長的玻璃板走道，最終到達客房。琳達向女傭點點頭，示意她離開，然後等伊馮開口。伊馮一直在到處看，手裡握著滾輪行李箱的把手，關於房子一句話也沒說，但即使你不認識牆上的藝術品——一個攝影師認不出藝術品是令人震驚的——這房子也值得評論一番。房子幾年前翻新過，建築師的成果都來源於靈感。客房是全玻璃的。

「門在哪？」伊馮終於說。

「沒有門。」琳達說。她本可以告訴伊馮無須擔心隱私問題，她和她丈夫住在前面的樓上，後花園裡也沒有房子可以俯瞰進來，但琳達沒有說。她帶伊馮看了看走廊另一頭的浴室，浴室也沒有門，形狀呈V形，沒有浴簾也沒有隔間，蓮蓬頭直接從牆上伸出來。地板是傾斜的，方便水流走。

「我從沒見過這樣的設計。」伊馮說。琳達告訴她所有人都這麼說。整個過程中，凱倫－露西・陶斯一直安靜地站在伊馮身邊。她是夏季攝影節上最有名的攝影師，每年她都會參加。琳達知道，凱倫－露西問過能否讓伊馮・塔特爾今年夏天教一個班，理事同意了，雖然伊馮的作品還不到攝影節通常的標準。但攝影節不想失去凱倫－露西：學生們愛她，她的作品赫赫有名，而凱倫－露西的丈夫三年前從羅德岱堡喜來登酒店的樓頂跳了下去。琳達想，凱倫－露西・陶斯在任何事上都會被原諒的，包括禮貌問題，因為當她對凱倫－露西說「我不認為你以前來過這棟房子」時，凱倫－露西，同樣個子高挑，同樣是棕色頭髮——琳達發現她倆就像一對親姊妹——只是用她那極為濃重的阿拉巴馬口音說了句：「我沒來過。」

之後，伊馮和凱倫－露西就離開了，琳達透過廚房的窗子看著她們沿路走去，看見她們專注地交談，她確信她們是在談論她。琳達嫉妒凱倫－露西・陶斯——她明白這一點，也沒有壓抑這種情緒——因為凱倫－露西有名氣，無兒無女，依舊動人，還因為她沒有丈夫。琳達巴不得自己的丈夫乾脆消失，雖然他的才智曾經那麼打動她。

※

舉辦攝影節的是個小鎮子，在芝加哥城外約一小時路程，鎮上有一座圖書館、一所學校、一座教堂、一家亮紅色的五金行，五金行前面的櫥窗裡擺著一排梅森玻璃罐。還有兩家咖啡館、三家餐廳、一家晚上經常有現場音樂表演的酒吧。鎮中心附近的房子都很大且老舊，維護妥當，一年之中的這個時節，它們的門廊上都會堆滿大盆大盆的天竺葵和矮牽牛。鎮上的樹是高大的橡樹和黑胡桃木，皂莢樹和苦櫻桃樹的枝條垂下來，當公園或者學校操場上沒有小孩玩耍時，可以聽見樹木的低語聲，有時還有梣樹葉清脆的聲響。幾年前破產、最終被迫關門的一所私立高中還能使用——某些部分——作為攝影節的教室。要抵達這些建築，你得穿過滿是灌木和樹枝的小徑，沿途的房子只能在經過時隱約瞥見。簡直有種童話裡的氣氛，這個鎮子，伊馮・塔特爾對凱倫－露西說，凱倫－露西說她也是這麼想的。她們剛剛來到正在舉辦接待酒會的大樓。

喬伊・岡特森是攝影節的理事，她有一頭黑色的長鬈髮，小個子，瘦得驚人。她感謝伊馮的到來，說她很高興接待凱倫－露西・陶斯的任何朋友。伊馮覺得她們說話時，喬伊・岡特森的眼睛似乎一直在朝上望著天花板，等喬伊走開後，伊馮告訴了凱倫－露西，後者說「噢，提醒我要跟你說這事」，這時一個女人正朝她們走來，打扮得像六〇年代的人，一頂圓盒帽，一件短大衣，一只和高跟鞋搭配的小手提包。她抱住凱倫－露西，伊馮發現這個女人其實是個男人。「凱倫－露西讓我瘋狂。」他告訴伊馮，凱倫－露西噘著嘴說：「娃娃臉，你真是我認識的最可愛的小男友。」

「你們倆看著像姊妹。」男人說。他刮過的鬍子從妝下透了出來，他的五官很好看，比例近乎完美。

「我們是姊妹，」伊馮回答，「一出生就被分開了。」

「殘忍地。」凱倫－露西添了一句，「但我們現在在一起了。你漂亮的手腕上那個包真好看。」

「你叫什麼名字？」伊馮問。

「托馬西娜。在這裡叫這個。在家，叫湯姆。」他優雅地聳了聳肩，矜持而又女孩子氣。

「知道了。」伊馮說。

※

琳達一聲不吭地上了床，挨著她丈夫，傑伊也一言不發，雖然這些天琳達很少和他一起觀看。他倆都盯著傑伊膝蓋上筆電裡的伊馮，她回到房子裡時已經很晚了，他倆誰都沒在客廳等她。此時她把鑰匙扔到床上，從音響裡可以聽見她的嘆氣聲。伊馮把手放到臀上，四下看了一圈。接著她走進浴室，攝影鏡頭拍到她專注地盯著蓮蓬頭，這自然產生了一種伊馮正在盯著他們的效果，琳達感到一陣恐懼，但伊馮——出乎琳達的意料——沒有去淋浴，只是上了廁所，洗臉，刷牙，然後回到客房，又站在那裡，透過巨大的玻璃窗看著漆黑的夜晚。

最後她打開她的小行李箱，開始脫衣服。她的身體看上去比琳達想像的更年輕，不過或許是身高的緣故。她的乳房仍然顯得很堅挺，大腿十分光滑——在鏡頭略帶顆粒狀的光線下。她沒脫內褲，穿上了一套白色睡衣，加上剛紮的低馬尾辮，讓她看上去幾乎像他們的女兒一樣年輕。不過她當然沒有那麼年輕。她是個中年女人，在離家鄉亞利桑那州很遠的地方。她伸手去拿手機，從傑伊膝上的筆電中傳來輕微的鈴聲。

「小聲點，」他們聽見伊馮說，「我開了擴音，我在收拾行李。我是說，這間客棧，或者叫客房，隨便什麼吧，位置很偏，但誰知道。老天。」

「嘿，小甜心。」毫無疑問是凱倫－露西・陶斯的聲音，「你還好嗎？」

「不好，」伊馮說，她的聲音很低，正轉過臉去，把東西從行李箱裡拖出來，「這裡很詭異，凱倫－露西。我怎麼睡得著啊？」

「吃點藥，親愛的。你知道，我聽說，他們的錢都是從他父親那裡來的，他父親是搞塑膠的。我在想，搞塑膠是什麼意思。你寄宿的那家怪人，他們是搞塑膠的。你能吃點藥嗎，小寶貝？」

「好，我會的。」伊馮說著，一邊坐到床上，在包裡摸索著，琳達和傑伊看著她瞄了一眼藥罐，打開了它。接著她又從同一個包裡拿出兩小瓶紅酒，是飛機上賣的那種。她擰開其中一瓶，把它斜著放好。「我知道你累了，」她說，「我真的沒事。」她又說：「那個湯姆，托馬西娜，他妻子不介意嗎？」

「不介意，只要他不在家幹那個，旁邊沒有孩子就行。」

「要是我會。」

凱倫－露西說：「但如果你真的愛他——」

「也許我就不會介意，我不知道。我真的不知道。晚安。我愛你。」

「我也愛你，寶貝。」

琳達瞥了一眼她丈夫的側臉。她說：「她連澡都沒洗，她可是在路上跑了一天。」

傑伊把一根手指放到嘴唇上，點了點頭。琳達起身離開房間，去走廊另一頭睡，一如往常。自從她女兒搬走，說了那些關於她的可怕的事情後，琳達就一直和丈夫分開睡了。

※

七年前，鎮上的一個年輕女子消失了。她是一名高二學生，是個啦啦隊員，還給聖公會裡的家庭當保母，他們一家也是聖公會的成員。因此有很多人需要接受調查，整個鎮子自然籠罩在可怕的憂慮中。媒體的怨氣極深——照相機，毛茸茸的大號麥克風，卡車上載著巨大的、朝著天空的衛星接收器，這些彷彿從天而降的東西淹沒了鎮子——這種怨恨將大多數人聯合起來，但之後，奇怪的聯盟分分合合，取決於那天流行的是什麼說法，比如駕訓班老師被認為是嫌疑犯時，人們就分成了不同的陣營。還有一些人說女孩其實是逃走了，沒人知道發生在她家裡的可怕的事，這加深了她可憐的父母和姊妹所忍受的絕望與恐懼。這個鎮子就這樣過了兩年。

這段時間裡，琳達・彼得森－康奈爾的內心深處一直有一團疑惑的陰影，當她看到丈夫在閱讀新聞報導，追蹤著電視上播出的案件時，她經常會渾身冒汗。她感覺她不得不變得瘋狂。她無法想像為什麼她的身體會有這種反應，為什麼她的思緒無法保持平靜。而後來當一切結束，終於、終於結束，她忘了她有過這樣的感覺。她只是會偶爾想起，但從來不曾像她真正經歷過的那樣發自肺腑。每次想起的時候她都會想：我是個蠢女人，我沒有什麼可抱怨的，真的沒有，不是那樣，耶穌基督啊。

攝影節的第二天晚上，琳達正和丈夫坐在客廳裡看書，伊馮從前門進來，走過他們身邊，順著斜坡向樓下走去。她在經過時擺動著一隻手。「晚安。」她喊道。

「你都好嗎？」傑伊回應她，「課上得怎麼樣？」

「挺好！」聲音從樓下傳來。「明天一早有課。晚安。」她又喊道。他們聽見非常微弱的淋浴聲──時間不長──接著坐在客廳裡又看了兩個小時的書。

半夜裡──在安眠藥這層防護罩中──琳達感覺到她丈夫在淋浴。這並非特別反常，但琳達感到了一陣不安。一直都是如此，而今晚她想起了七年前有過的那種感受。那段日子已經結束了，這種釋然讓她再度進入夢鄉。

※

每天晚上，凱倫－露西和伊馮都會去那個有現場演出的酒吧。每天晚上她們都問托馬西娜想不想一起去，每天晚上托馬西娜都說不，他要回房間給妻子和孩子打電話，還要看一遍第二天的作業。「他不是個差勁的攝影師，」凱倫－露西告訴伊馮，「如果他全心全意熱愛攝影的話，他可能會很棒。但他並不是全心熱愛。他來參加是因為……」

她們同時點了點頭，伸手去拿桌上籃子裡的玉米脆片。「願上帝保佑他。」凱倫－露西又說。

「絕對的。還有他妻子。」

「沒錯。」凱倫－露西把一隻手放到嘴上，「伊馮，我被背叛了。背——叛了。我想讓你知道。」

伊馮點點頭。

「我要說的就是這些。」

伊馮又點點頭。

「我的心碎了。」凱倫－露西說。

「我知道。」伊馮說。

「碎了。他傷了我的心。」凱倫－露西彈走一個脆片，它飛到了桌子的另一邊。

許久之後，伊馮問：「為什麼喬伊跟我說話的時候眼睛轉來轉去？」

「噢。因為她兒子幾年前在這裡殺死了一個女孩，把她埋在後院裡，最後告訴了他媽媽。是的，親愛的，我是說真的。」凱倫－露西點點頭。「他正在監獄裡度過這輩子餘下的時間，無論還剩多久。喬伊和她丈夫離婚了，她丈夫得到了所有的錢——他們很富有，但他拿到了全部的錢——喬伊現在住在一輛拖車裡，在鎮子外邊。你去那裡的話，會在她的壁爐架上看到一張照片，上頭她站在兒子身邊，她的手充滿愛意地放在他的胸口，但遮住了他囚服上的編號，所以看上去就好像他只是穿了件深藍色的T恤。」

「上帝啊，」伊馮說，「我的上帝。」

「我知道。」

「他幹這事的時候多大？」

「十五歲，我猜。還是十六歲？他們是把他當作成年人來指控的，因為他將近兩年都沒有告訴任何人。他就把她埋在他們的後院裡。如果他說出來，他就不會被判無期徒刑。但他被判了無期。還不能假釋。」

「屍體沒有被狗挖出來？」

「沒有，女士，這沒有發生。我猜他把她埋得夠深。」凱倫－露西抬起兩根手指，「兩年了，他說，媽媽——我得告訴你一件事。」

「那女孩一家怎麼樣了？」

「搬走了。喬伊的前夫也離開了。他不想跟他兒子有任何牽連。斷得一乾二淨。喬伊每個月都去喬利埃特看她兒子。」

伊馮緩緩搖頭，用手指撥弄著頭髮。「唉。」她說。

長時間的沉默後，凱倫－露西說：「我很遺憾你沒有孩子，伊馮，我知道你非常想要孩子。」

「嗯，」伊馮說，「你知道的。」

「你會是一個好媽媽的，我知道。」

伊馮看著她的朋友。「這就是生活。該死的生活。」

「是的，沒錯，」凱倫－露西說，「是的，沒錯。」

※

隔天早上，也就是來這裡三個早上之後，伊馮・塔特爾走近廚房水槽邊的琳達。琳達不知道伊馮還在屋子裡，她在洗咖啡杯時發現這個女人正站在她身後，她被嚇了一跳。「你看見我的白色睡衣了嗎？」伊馮帶著直率的好奇口吻問。

「我為什麼會看見你的睡衣？」琳達把咖啡杯放上瀝水架。

「噢，因為它不見了。我是說，它消失了。東西不會就這麼消失的。你明白我的意思吧。」

「我不明白。」琳達用擦巾把手擦乾。

「噢，我是說，每天早上我放在枕頭底下的那套白色睡衣不見了。」伊馮用手臂比畫了一下，像裁判在示意安全上壘。「消失了。它肯定在什麼地方，所以我想應該問問你。我是說，也許是被女傭拿去洗了之類的。」

「女傭沒有拿你的白色睡衣。」

伊馮盯著她看了很久。「啊。」她說。

琳達心中燃起了一股怒火，幾乎壓制不住了。「我們不會去偷這間屋子裡的東西。」

「我只是問問。」伊馮說。

※

攝影節的最後一個週末舉辦了一場展覽，就在曾經的那所私立高中裡用來辦接待酒會的同一個房間。一邊放的是教員們拍的照片，另一邊是學生拍的。伊馮與凱倫－露西和托馬西娜站在一邊，看著人們在屋子裡緩慢地走來走去。「我討厭這個。」伊馮說。

托馬西娜把提包換到另一隻手腕上。「凱倫－露西，你習慣人們盯著你拍的照片看嗎？你看那邊那個歪著頭的女人，她正在琢磨。琢磨你照片裡裂開的盤子是什麼意思。」

凱倫－露西說：「意思是我崩潰了。」

托馬西娜朝凱倫－露西深情地一笑。「你讓我崩潰了。」他說。

「甜心，我想帶你回家。你知道嗎？那位女士是個有錢的文藝分子，我從她後腦勺就能看出來。那女孩，有的是錢。把那該死的東西買下來吧。」凱倫－露西轉過臉去。

「噢天啊，她是我正在借住的房子女主人，」伊馮說，「噢，我們走吧。」

凱倫－露西說：「馬上，小寶貝。」

陽光非常耀眼，他們三個在木門廊上站了一會兒，瞇著眼睛。托馬西娜拿出他的墨鏡。

「真熱，」他說，「我不知道外面這麼熱。我穿了尼龍襪。」

「襪子很好看，」伊馮說，「你看上去很漂亮。」

「難道他不是一直都很漂亮嗎？」凱倫－露西朝托馬西娜的方向送去一聲親吻，「上帝啊，這比兩隻兔子在羊毛襪裡交配還要熱。」

一個男人的聲音從背後嚇了他們一跳。「女孩們，男孩們。」那個聲音說。是傑伊・彼得森－康奈爾。他剛從他們穿過的門裡走出來。「展覽看膩了嗎？」他問。他向凱倫－露西伸過手去。「我是傑伊。」他說，陽光在他的眼鏡上閃爍了一會兒，接著他的眼睛清晰可見。「真高興遇見你。很喜歡你的作品。」

「謝謝。」凱倫－露西說。

「我能給你們女孩子點些冷飲嗎？」

凱倫－露西說：「我們有約了，不好意思。」

「這樣啊。」傑伊轉向伊馮。「這星期我們沒怎麼看見你。你在我們小鎮過得開心嗎？或許你感覺和圖森的時髦氛圍相比，這裡太沉悶了？」

「我喜歡你們這個小鎮。」伊馮感覺後背在流汗。

「來吧，你們幾個。很高興認識你，傑伊先生。」凱倫－露西朝臺階走過去，伊馮和托馬西娜跟在後面。三人排成一列穿過樹林中的小路，朝鎮子走回去，沒有一個人開口，直到他們來到教堂旁邊的一塊空地。

「我得喝一杯。」伊馮說。

酒吧裡，托馬西娜說：「你們注意到了嗎？他甚至都沒跟我打招呼。」

「當然沒有，甜心，」凱倫－露西說，「他不會跟任何他不想理的人打招呼。」

「不知道為什麼，他讓我害怕。」伊馮說。

「我告訴你吧，因為他就是很嚇人。」凱倫－露西用她的調酒棒指著伊馮。

「並不是說他看上去嚇人。他看起來很正常。」伊馮拿起一片薯片，又放回籃子裡。

凱倫－露西發出一聲長嘆。「我年輕時當服務員當了有一百年那麼久，孩子，我必須懂得些事情。我得能領會男人的眼神。」凱倫－露西用調酒棒敲著顴骨，「這個男人，小寶貝，認為你是個又高又大又老的廢物，他就是這麼認為的。他以前也這麼看我，但我得了幾個獎，他就想把我的作品掛在牆上了。等你得獎了，你會得獎的，伊馮，他就會想要把你的作品掛上牆，挨著他媽冷冰冰的畢卡索。但現在，他每天晚上聞著你的褲子，還把你漂亮的白色睡衣塞到他的枕頭底下。」

伊馮微微點頭。「謝謝你。」她補了一句，「我是認真的。」

「我知道你是認真的。」

「哇噢，」托馬西娜說，「我聽到了多麼可悲的事啊。」

凱倫－露西看著托馬西娜的側臉，神情嚴肅而冷酷。接著她把手放在他的手上，說：「你沒什麼可擔心的。你一切都很好。」

※

琳達和傑伊・彼得森－康奈爾坐在客廳裡，等著和他們的房客聊聊。她每天晚上回來得愈來愈晚，進門時總是說「嗨，晚安」，穿著她的坡跟涼鞋徑直走下斜坡。

傑伊和琳達參觀展覽後的那個晚上，傑伊說：「她白天總是不見人影。」

奔。」

琳達翻著雜誌，看都不看他一眼，說：「我第一眼見到她，就覺得你也許會跟她私

傑伊笑了。「真的嗎？因為她那種有點放蕩的工人階級長相？」

「我覺得不只是因為長相。」琳達說。

「不。顯然不是。」

琳達本該察覺到——她的確感覺到了——她丈夫高昂的情緒。她沒再和他一起觀看伊馮在臥室或者浴室裡的畫面。她也沒提起伊馮告訴她白色睡衣不見的事。伊馮在他們家的最後一晚，琳達和他坐在客廳裡，快午夜時，伊馮回來了。「你一直這樣，身體會吃不消的。」傑伊朝她喊道。

「我一直是這樣。兩位好眠。」伊馮回答，消失在斜坡下。

「可以請你上來坐一會兒嗎？」傑伊喊道。他始終坐著，琳達坐在他身邊，拿著一張攤開的報紙放在腿上。

過了一會兒，伊馮從斜坡下走上來。「怎麼了？」她說。

「你成家了嗎？」傑伊問她，「你離婚了嗎？」

「我離婚了嗎？」

「這就是我要問的。」

「噢。天啊。」伊馮把一隻手放到額頭上，「好一個開場白。你見到中年女人一般都會

先問這個問題？」

「你看起來像是離婚了。」傑伊說。

伊馮飛快地搖著頭，幅度很小。「好吧。請你原諒，我要去睡了。」

「你在我們家住了一個多星期了，」琳達說，「而你從來沒跟我們交談過。你應該能理解我們感覺受到了冷落。我們可是敞開家門來歡迎你的。」

「噢。好吧。是的，我很抱歉。」這話似乎起了作用，琳達立刻察覺到這個女人其實非常缺乏信心。她母親可能盡了全力將她撫養大，但也遺留給她一種絕望的情緒。伊馮走進客廳。「我不是有意冒犯。我只是每天晚上都很累。」

「坐吧。」傑伊友善地說，朝一把椅子點點頭。

女人坐下了。她的腿非常長，而她坐的椅子低至地面，於是她的膝蓋像蟋蟀那樣豎了起來。琳達看得出她很不舒服，而琳達並沒有歉意。

「跟我們說說吧。你住在亞利桑那州？你在那裡住了很久嗎？」琳達問。

「是的，」伊馮說，「差不多吧。你知道，成年後基本上就住那。」

「我們的女兒本來考慮搬去新墨西哥，但她去了東部，」傑伊微笑著說，「她現在住在波士頓。」

「是嗎？她多大了？」

「她二十三歲，非常享受獨立的感覺。在那個年紀這很正常。」傑伊仍然微笑著，「她有個雙胞胎兄弟住在普羅維登斯，他也很享受獨立的生活。」他補充說。

「凱倫－露西最近拍了很多精彩的作品。」琳達說。

「真的嗎？」伊馮往前坐了坐，但這使她的膝蓋突出得太高，不得不往後坐並伸直雙腿，看上去的確很誘人。「整個地震系列。我認為她棒極了。那些碎裂的盤子。」伊馮讚許地搖著頭，再次嘗試坐直身子。

「有的藝術家好勝心很強，甚至對他們的朋友也是，」傑伊說，「但我想你應該很大方，因為你的作品很成功。這是理所當然的，允許我添一句。」

「我敢說，你就是很大方。」琳達說。她覺得伊馮有些警惕。「我給大家拿些酒。」她說。她的感覺確鑿無疑。傑伊此前獲得過成功，但琳達從未感覺其中有自己的功勞。

又過了二十分鐘，琳達藉口離開，上床去了。

她仔細聽著，很快她聽見伊馮下樓，穿過走道向她的房間走去。她丈夫房間的門輕輕地關上了，琳達服下安眠藥。

夢裡不知在何處，琳達聽見了尖叫聲，聲音很可怕。「親愛的。」傑伊說。他站在門口對她說話，她臥室的燈亮著。「有個小麻煩。」

琳達迅速坐起身，她確定她聽見了門鈴聲。她說：「傑伊，我剛才在做夢——」

「我來負責回話。」傑伊說。他朝她微笑著，但她覺得他看起來不太對勁，他的臉似乎比她之前注意到的更寬，他的臉被汗水浸濕了。她穿上睡袍，跟著他下樓。他打開門時，兩個警察站在那裡。琳達看見他們身後還有一名男警和一名女警，車道上停著兩輛白色的警車。警察們很有禮貌。「能帶我們去客房嗎？客人伊馮住的那間？」

傑伊說：「當然。琳達，帶他們下去。」

琳達口乾舌燥，她轉身走下斜坡前往客房區。臥室籠罩在黑暗中，琳達正要往裡走，伸手去開燈，這時女警攔住了她，說：「不，請不要碰任何東西。」男警說：「彼得森太太，你何不回到樓上去？」

琳達迅速轉過身，大聲呼喊著傑伊。

警察們垂著手臂站在廚房裡，傑伊正緩緩搖著頭。「從一開始我們就覺得她有點怪，但在見到我的律師前，我不想再討論這個了，我相信你們能理解。諾姆・阿特伍德會代表我，你們知道他會說什麼。這太稀奇了，簡直荒唐。我不認為郡裡想看到我提出訴訟。」

其中一名警察說：「為什麼不讓他到車站見我們？」

「說實話，」傑伊微笑著，「我知道你們為自己的嚴謹感到得意，但這實在是太離譜了。」

「伊馮在哪裡？」這些人聚集到門邊時，琳達突然問。

「她在郡立醫院，夫人。」一名警察說。

「她說我試圖強姦她。」傑伊補充說。

「伊馮？她這麼說了？這是瘋了吧。」琳達說。

「當然是瘋了，」傑伊平靜地說，「親愛的，我很快就回來。」

女警和一名男警留了下來。琳達說：「你們在幹什麼？」

「坐吧，彼得森太太。我們想問你幾個問題。」他們非常客氣。他們問了伊馮的情況。她是個什麼樣的人？

「噢，糟透了！」琳達說。

哪方面？

「她對我們很無禮，從來不花時間跟我們相處。」琳達突然想起了睡衣的事，一股腦全說了出來。「她指責我——偷了她的睡衣。」女警同情地點著頭，男警則寫著什麼。

「她對你丈夫也很無禮嗎？」

太遲了，琳達意識到她本應保持沉默。當她說她不想再和他們說話時，他們對她很友善。他們解釋說，客房的搜索票正在辦理中，可能會收集一些證據，床單，枕套，諸如此類的東西。

※

第二天早上，傑伊在臥室裡睡得很沉。接近黎明時分，諾姆・阿特伍德把他送回家。傑伊被指控犯了三級毆打罪，獲得保釋。諾姆解釋傑伊之所以被指控，很可能是因為伊馮的歇斯底里，她凌晨三點穿著內褲和T恤在路上狂奔，敲著鎮上的一扇門，她的手腕上有一塊輕微的瘀傷，料想是掙扎時留下的。諾姆說目前仍然很難證明這不是一次雙方合意的見面，在沒有目擊者的情況下，證明這類事總是很難。此時琳達一動不動地坐在後花園裡，挨著藍得晃眼的游泳池。她口袋裡的手機響了，她把它點開。

她的女兒說：「操你的，媽。操你們。我再也不會回家了。」

琳達站起身走進客廳，坐到沙發遠遠的另一頭。她覺得有點魂不附體，因為她感覺自己又變年輕了，彷彿在一個初夏的夜晚和學校裡的女朋友們走在路上，經過一片又一片的玉米地和大豆田，全世界都洋溢著新生命的亮綠色，太陽西沉，整個天空浸染著輝煌與燦爛，她也回憶起裸露的手臂上拂過的空氣，這所有的自由，所有的純真，歡笑——

諾姆・阿特伍德為她安排了一次會面，下午開車去雷頓見她自己的律師。她有配偶特權，他解釋說——她不必就任何傑伊告訴過她的事，提供對他不利的證詞。但任何她看到過的事，她都要在證人席上宣誓彙報。琳達坐在沙發上試圖理解這些，但她感覺身體的各個部位都停止運轉了，她不屬於任何一邊。她環顧四周。牆上掛著霍普的畫，她開始感受到畫中無邊的冷漠，似乎它是專為此刻而作：它好像在說，你的那些麻煩巨大而沒有意義，房子的側面只有太陽。她起身走進飯廳，坐在長餐桌邊。幾年前，她的女兒在父親的電腦裡發現了一些東西，女孩不停地尖叫、尖叫、尖叫。我爸就在家裡搞女人，而你什麼也不做？你比他更可悲，媽，你讓我噁心。

這一開始就是一場私人遊戲，一種打破家庭無聊的方式，它讓琳達・彼得森－康奈爾顯得大膽而誘人，讓她的丈夫愈加欣賞她。

※

琳達在伊利諾州北部成長的年月裡，她的父親成功地經營著一座飼料玉米農場。她的母親，一位主婦，是個馬虎的人，但很善良。他們姓奈斯利，琳達和她的兩個姊妹被稱作「奈斯利家的漂亮女孩」。童年很美好，之後她的母親突然——對琳達來說太突然了，那天她在上學——搬了出去，住進一間又小又髒的公寓，這是琳達能想到的最糟糕的事，比她母親死掉還要糟。幾個月後她母親想回家了，但琳達的父親不允許，她母親獨自住在一間小房子裡——從骯髒的公寓搬走之後——拋棄了她的朋友們，這些人的反應帶著恐懼，好像她母親爭取自由的努力會傳染、會致命一樣，她的女兒們也疏遠她，因為她們的父親強迫她們對他忠心。所有這些是琳達一生中——迄今為止——最重大的事件。琳達在高中畢業後的那個星期，嫁給了一個名叫比爾・彼得森的當地男孩，一年後她和他離婚了，保留了他的姓。在威斯康辛州上大學時她認識了傑伊，他的才智與巨富似乎能給她一種生活，讓她能迅速擺脫她那孤獨、被放逐的母親可怖而盤桓不去的形象。

此時，琳達坐在飯廳餐桌的盡頭，門鈴響了，不過一開始她不確定有沒有聽錯。門鈴又響了。她透過窗簾窺視，一個人也沒看到，於是她小心地打開門，是瘦瘦的喬伊•岡特森，她說：「琳達，我必須來一趟。」

琳達說：「不，你不需要，用不著。你跟我毫無共同點，聽見了嗎？你跟我一點共同點都沒有。走開。」

「噢，琳達。但是我的確——」

「我是不會淪落到去住拖車的，喬伊。」話一出口她吃了一驚，她完全沒料到自己會這麼說。喬伊似乎也呆住了。這個比琳達矮的女人神情變得十分困惑。

可能是兩人共同的驚訝讓琳達沒有關門，喬伊才得以搖了搖頭，說：「噢，但是，琳達——看吧，你住在哪裡並不重要。你會發現就是這樣。如果你最愛的人進了監獄，你也就等於進了監獄。你在哪裡並不重要。你會發現誰才是你真正的朋友。他們不會是你想的那樣。相信我說的。」

琳達關上門，上了鎖。

她走到傑伊的臥室門口，但他仍在熟睡，鼾聲不斷，面朝上平躺著。他沒戴眼鏡的臉像是一絲不掛，她已經好陣子沒看著他睡覺了。她關上門，走回樓下。她不知道她會對這個律師說些什麼。諾姆說過這也取決於伊馮是否想繼續起訴。很多事都取決於伊馮。

琳達靜悄悄地在屋子裡繞著圈。她清楚她的頭腦正在嘗試理解它無法理解的事。她想到了凱倫－露西・陶斯，她現在一定和伊馮在一起。警察已經來收拾過伊馮的物品並還給了她。琳達還沒問伊馮在哪。廚房的水槽裡有兩個沾著咖啡漬的白色馬克杯，琳達不知道是誰喝了咖啡，杯子又是怎麼跑到水槽裡的。洗杯子的時候，她的腿幾乎癱軟了。她想像著陪審員坐在陪審席上。她想像伊馮化著過濃的妝，站在證人席上。隨後她想到了攝影鏡頭。她之前究竟為什麼就沒有想到攝影鏡頭呢？你有沒有和你丈夫一起觀看女人脫衣服、淋浴、上廁所？你意識到你丈夫這樣觀看她們已經有多久了？

※

開車駛往雷頓的路上，琳達在小鎮外幾英里處的一個加油站停了下來。她感覺自己太張揚了，就沒有開進自助加油區，而是讓人幫她加滿了油。但她突然想上廁所。她戴著墨鏡走進商店，經過一排排玻璃紙包裝的甜甜圈、蛋糕、花生和糖果。廁所的骯髒程度把她嚇到了。她想不起來上次用這麼髒的公廁是什麼時候，接著她想：現在什麼都無所謂了，還管這個幹麼？她的思緒一片紛亂，當她穿過商店往回走的時候，直直撞上了凱倫－露西・陶斯，兩人驚訝地瞪著對方。凱倫－露西也戴著墨鏡。她摘下眼鏡，她的眼睛在琳達看來，似乎比她想像中的更蒼老，眼神憂傷，但依舊美麗。

「你嚇了我一跳。」琳達說。

「嗯。你也嚇了我一跳。」

她們避開人潮，一起走下過道。高大的凱倫－露西朝著下方說：「夫人，說真的，幾年前在我自己的悲劇發生之後，有時我感覺我對每個人都懷有同情。真的。這可能是那件事帶來的唯一好處。但你丈夫讓我的朋友害怕，他讓她非常害怕。」

「她在哪裡？」

「我剛把她送到機場。她需要回家，找個合適的醫生看看。」

「聽著，」琳達說，「我對這事一無所知。」

凱倫－露西美麗的雙眼瞇了起來。「不，現在你聽我說。不要跟我表面一套背後一套。你得多少了解一下你丈夫，如果伊馮把他告上法庭，我巴不得她這麼做，你會被傳喚去作證，你有責任──」

「我對我丈夫一無所知。」琳達冷冰冰地說。透過墨鏡，她看著凱倫－露西望向窗外，似乎在極目遠眺。琳達看見那雙美麗的眼睛發紅了。

凱倫－露西緩緩點頭。她小聲說：「噢，孩子，當然了。我很抱歉。」她轉頭注視著琳達，雖然她好像仍在盯著遠處。「我沒資格要求任何人留意並且弄清楚自己的丈夫在幹什麼。我自己在這方面一場糊塗，我很抱歉。」

獲准進入一個你本以為永久關閉的地方總是讓人驚喜。對於震驚的琳達便是如此，那天她站在那家便利商店裡頭，陽光灑在玉米片的外包裝上，她聽見那些同情的話——這並不是她應得的，因為如果說凱倫－露西不了解她丈夫心裡在想什麼，琳達可是一清二楚——並從中察覺即將成真的事：伊馮・塔特爾和凱倫－露西再也不會回到這個鎮上，不會有審判，不會有人提起攝影鏡頭的事，琳達將自由自在地和丈夫一起生活，因為當他們晚間看著新聞，在鄉間散步，或者坐在餐館裡聊天，他總是知道他之所以能擺脫麻煩，都要，或者部分要歸功於妻子的明智，之後再也不會有別的女人了，客房或許會成為一間陽光充足、無人進入的書房，牆上掛著一幅凱倫－露西的碎盤子照片。

那天琳達領悟到了這其中的真諦。她摘下墨鏡，直直盯著這個女人的眼睛，她想去牽起她的手。她甚至想——帶著一種突然而驚人的急迫——撫摸她的臉頰，就好像凱倫－露西是個奈斯利家的漂亮女孩，她遭遇了意外的打擊，放學回家發現母親已經離去，想著自己曾經是多麼重要，一直被愛著。

砸拇指理論

在等待她到來的時候，查理・麥考利從窗口望出去，暮色漸濃。停車場被油煙熏黑的牆頂上，盤繞著帶刺的鐵絲網，彷彿連這個髒亂醜陋的汽車旅館停車場也構成了一種威脅──或者價值──讓它直接與世界的其他地方格格不入。對查理而言，這似乎證明了他早先經過的百貨公司櫥窗裡展示的夢想都是徒勞，在這個離皮奧里亞半小時路程、他們一起找到的鎮子上：你可以給妻子買一臺吹雪機或是一件漂亮的羊毛連身裙，但在私底下，所有人都像老鼠一樣跑去翻垃圾吃，找別的老鼠交配，在碎磚頭裡做窩，再把窩弄得髒兮兮，對世界的貢獻不過是更多的排泄物而已。

左邊是一棵楓樹的樹梢，兩片粉中帶黃的葉子謙卑而溫順地從樹枝上伸出，它們是怎麼撐到十一月的?樹的正後方是最後一抹明亮的白晝，夕陽盛大的餘暉灑滿開闊的天空。查理把他的大手放在臉側，想起──為什麼他現在會想起這個?──在同樣的秋色中，他曾蹲在一座小山坡上，和瑪麗蓮一起種番紅花。那是他們剛上大一那年。他還記得她有多麼熱切，她的眼睛專注地大睜著。他對種植番紅花一無所知，而這些，她激動地喘著氣告訴他，也是她第一次種。那天下午他們在鎮上買了一把鏟子，走到她宿舍後面小山上的一片秋草中，就在學校的樹林旁邊。「好，就是這裡。」她急不可耐地說。他明白這對她有多重要，在十八歲時種下她的第一朵花，和他一起，她的初戀──他被她的熱情感動，就如她穿著羊毛長外套一樣感到暖和。他們挖了洞，把球莖放進去。「拜拜，保重。」她對一根球莖說。她徹頭徹尾的愚蠢，占據她人格中心那種無用而噁心的溫馴，如今都會讓他翻白眼，但那天當秋天的泥土味充盈著他，當他拿著鏟子跪在那裡，這一切卻悄然使他興奮，讓他感到一陣強烈的愛意與保護欲。親愛的、糊裡糊塗的瑪麗蓮，她的臉因為大功告成後的激動而泛紅。「你覺得它們會長出來嗎？」她擔憂地問道。這個小可憐，總是憂心忡忡。他說它們會的。它們確實長出來了。有幾株長出來了。但他也不記得這個部分了。他只能清晰地想起此刻之前他忘卻了很久的事：在他們年少時的那個純真的秋日。

查理關上百葉窗。百葉窗是塑膠板做的，又髒又舊，他使力扯了一下拉繩，葉片啪的一聲，兩邊不平均地合上了。

恐懼像一條直奔上游的大鱗魚，在他內心來回穿梭。他突然變得像一個被送去親戚家的孩子那樣想家：此刻家具顯得巨大、陰暗而怪異，氣味異樣，每處細節都咄咄逼人，帶有幾乎難以忍受的陌生感。我想回家，他想。這種渴望似乎把他壓得喘不過氣，因為他想回的不是在伊利諾州的卡萊爾，他和瑪麗蓮住的那個家，他的孫輩們就住在街的另一頭。也不是他童年時的家，也在卡萊爾。也不是他們新婚時在麥迪遜城外的第一個家。他不知道他渴望的是哪個家，但似乎隨著年紀增長，他的思鄉病會加重，而由於他無法忍受如今和他住在一起的這個瑪麗蓮——儘管這個女人用憐憫充實了他疏離而遭放逐的心——他不知道該怎麼做，在他的憂慮之溪中急游的魚短暫地在他現在卡萊爾的家中登陸，街那頭住著孫輩們，接著又游向高爾夫球場，他有時仍然很享受那裡的一片蔥鬱，游向那個留著一頭滑順深色頭髮、或許會也或許不會在這裡出現的女人——沒有一個地方讓他覺得是穩定的。

旅館房門上傳來輕輕的敲門聲。

「你好，查理。」她笑著，眼神溫暖，經過他身邊走到房間裡。

他立刻明白了。他的直覺在年輕時就很敏銳，這種能力從未離他而去，一個察覺災難的能力。

不過，男人需要保持尊嚴。於是他點點頭說：「翠西。」

她向房間裡頭走去，當他看見她帶著旅行袋——她為什麼不會帶呢？——有一瞬間他可悲地感到喜悅，但隨後她坐到床上，又對著他微笑，他再次明白了。

「把外套脫了？」他問。

她抖抖肩膀，脫下衣服。

「查理。」她說。

他很小心。這有點讓他著迷。他是個即將遭受重擊的有機體，而他用他天生的力量保護自己。這意味著，他仔細觀察她臉頰上的坑坑巴巴，那些凹凸不平的毛孔，他已然知道那之中藏著一段艱難的青春期。他注意到他手上外套的氣味，即使微弱也那麼令他倒胃口而刺鼻，他把它掛到椅子的靠背上，而不是衣櫥裡自己的衣服旁邊。他發現她的眼睛不願直視他，他想著，他討厭不老實——或者缺乏勇氣——甚於任何事物。

在這個小房間裡，他盡可能遠離她，倚著對面的牆站著。

現在她看著他，一臉嘲弄又愧疚的表情。「我需要錢。」她說。她深深嘆了口氣，把手放到床罩上。她的每根手指上都有一只戒指，包括大拇指，而仍舊讓他驚訝的是，他的頭腦在試圖提醒他——查理，看在上帝的分上，留神！——她身上很多地方都理應讓他感到無比厭惡，但實際上卻不。人不能永遠用階級優越性這樣的廢話保護自己。很多人終其一生都不明白這點，但查理明白。

「直說吧。」他說。

「十個數。」

他在原地沒動。床邊的小桌上，他的手機突然震動起來。翠西俯身去看。「你老婆。」她說，只是在陳述，很冷淡。

查理朝手機走去，把它塞到口袋裡，手機在他的手中又震了一會兒才停下來。他對仍坐在床上的翠西說：「我做不到，甜心。」

「你可以的。」她顯然沒料到他會這麼說，這讓他驚訝。

「不。我不行。」

「你有很多錢，查理。」

「我有妻子，有孩子，有孩子的孩子，這就是我所擁有的。」

他帶了香檳過來，因為她喜歡，他看到她發現了香檳就放在櫃子上的塑膠桶裡，他在桶裡放了冰塊。她憂傷地回頭看著他。「你傷了我的心，」她說，「在所有——」

他大笑，聲音像狗吠。「在所有嫖客中，我傷你傷得最深。」

「但這是真的。」她站起來朝香檳走去，「說話別太難聽，查理。我有的是客人，你不在其中。」

「我知道你有客人。」他說。

「『嫖客』這個詞太……過氣了，看在上帝的分上，查理。」

「算了吧。」

「不，不能就這麼算了。」

「翠西，到此為止。我倆現在就要上演書裡最落俗套的情節了。而我不想。我知道所有的臺詞，熟悉全部的背景音樂。我不想」——他攤開手掌——「做這件事，就是這樣。我也不會做的。」

她臉上瞬間掠過的痛苦讓他心滿意足。他一直都覺得她愛他，就像他愛她一樣。但房裡似乎突然充滿了一股令人清醒的純粹，一次意外而巨大的解脫，事情豁然開朗。回家去把你的事情理理清楚吧[2]，醫生會這麼說。不對，是事務。回家去把你的事務理理清楚吧。那句說明——他控制不住——讓查理覺得好笑。他感到了一絲歡愉，彷彿所有在他出生前很久就已來到世上的人，在多年前就知道並使用過這些字句：回家去把你的事務理理清楚吧。

他口袋裡的手機又震動了，他拿出來看。螢幕上是藍色的「瑪麗蓮」三個字。

「要我出去嗎？」這話問得駕輕就熟，因為過去已經問過太多次。語調既自然又親切。

他點頭。

她套上外套，他遞給她一把房間鑰匙。

他說：「他們有個小休息室——」但她說她待在車裡就行，她可以聽廣播，真的，沒問題的。她一直都這麼好。這麼好是她分內的事。但就連那天她告訴他自己的真名——衣冠整齊地坐在桌邊的椅子上，說「我想告訴你我的真名」——並且拿出駕照來證明之後，她仍然是那麼好。打從她給他看了駕照之後，堅持不再讓他給錢。也許她一直在盤算這件事，如今覺得自己虧了。也許她確實是虧了。門在她身後悄悄關上。他忍住沒透過百葉窗看著她上車。

他仍抱有奇怪的希望，但眼下這狀況很快就會結束——這分愉悅從根本上已經沒有了。它很有可能還會持續下去，不知為何他就是不明白這點。

他的妻子在電話那頭哭著。「查理？噢，很抱歉打擾你，真的。你應該玩得正開心——嗯，我知道不算開心，我是說我知道這是你的時間，而且——」

「怎麼了？」他並不緊張。

「噢，查理，她又對我不客氣了。我打了個電話，你知道的，想知道女孩們有沒有準備好感恩節的衣服，珍妮特對我說：『瑪麗蓮，我問你，不，我告訴你，我也不拐彎抹角了，

2　通常是醫生對病危或身患絕症的患者說的話。

瑪麗蓮，你電話打得太多了。這是我家，史蒂夫是我丈夫，我們需要點空間。』這是她的原話，查理。史蒂夫，天知道他在不在家，他有沒有一點骨氣啊，我們的兒子——」

查理沒再聽下去。他堅定而不露聲色地站到了他的孩子們那邊，站到了他的兒媳那邊。他坐到床上。

「查理？」她說。

「我在。」無意中他在鏡子裡瞥見了自己。從很久以前開始，他看上去就不再是那個熟悉的人了。

幾分鐘之後，他讓妻子平靜下來，她願意掛上電話了。她再次為打擾他道了歉，還說他讓她好受多了。他回答：「那就好，瑪麗蓮。」

一個人安靜地待在房間裡，他理解了先前的那種中斷，那種平靜的廣闊感，此時他又感受到了：很久以前他私下給它起了個名字，砸拇指理論。童年的一個夏天，他在祖父家的屋頂上用鎚子用力敲擊瓦片，他發現，如果不小心砸到拇指，有一片刻你會想：嘿，這沒那麼糟，想想我挨了多重的一下……隨後——在這片刻虛幻、困惑而心懷感激的釋然之後——真切的疼痛會將你擊潰碾碎。戰爭期間這種事發生了太多次，各種形式的都有，讓他有時覺得自己棒透了——這個比喻多麼貼切。他從戰爭裡學到了很多，但這些他從沒在任何心理師那裡聽到過，而瑪麗蓮還以為他現在正在接受這類諮商呢。

※

查理站起身。他感受到一股肉體上的性欲衝動，裡面包含了很多東西，他並不陌生。他雙臂交疊，在加大的雙人床前來回踱步，纖維質地的床單——他知道這個是因為他摸過很多次——註定要承受所有的一切。他來來回回地走著，來來回回。他有時會這樣走上好幾小時。一股情緒的熱流包圍了他。

紀念碑在修建的時候，他就對它不感興趣。不，查理・麥考利一點都不感興趣。然而有一天——在被溪山[3]的記憶反覆襲擾了許多個夜晚之後——他獨自坐上一輛公車，一路來到華盛頓，他在那裡看到的是一件怎樣的東西啊。他不自覺地哭了，沒有出聲，他沿著陰暗的大理石牆走著，看到他回想起來的名字，用粗糙的手指觸摸它們。旁邊的人——他能感覺到他們，很可能是遊客——充滿敬意地讓他獨自待著。他能感覺到在他哭泣時，他們在向他致敬！他從來沒想過這種事會發生。

回到卡萊爾後他告訴瑪麗蓮：「我去這趟是對的。」而她只是說：「我很高興，查

3 越南地名，越戰期間此地曾爆發大規模戰役，史稱「溪山戰役」。

理。」這讓他驚訝。後來，那天晚上她說：「聽著，你什麼時候想再去，就去吧，我說真的。我們有足夠的錢，你隨時都可以去。」人們總是會讓你驚喜。不僅是憑著他們的善意，還因為他們突然習得的正確表達能力。

他覺得他從來沒有正確地表達過任何事情。

有次，他和兒子、媳婦在百貨公司，珍妮特想買件大學T。查理只是在後面跟著，完全不感興趣。但他的兒子卻充滿興致，就在查理走馬看花的時候，他突然發現兒子正若有所思、一本正經地和他的妻子交談——珍妮特是個樸實和善的女人——僅僅這一瞥，見識到兒子身在這場小型家庭交流之中，幾乎讓查理跪倒在地。多棒的兒子！他是個多麼出色的男人，這個大男孩，身在這個充斥一股廉價糖果、花生和天知道其他什麼玩意兒的馬戲團帳篷氣味的店家，有模有樣地站在那，和妻子討論著她想買什麼樣的大學T。他的兒子注意到了，面容舒展開來：「嘿，爸爸，你在那裡幹什麼？要走了嗎？」

一個字眼在他腦中浮現：乾淨。他的兒子乾乾淨淨。

「我沒事，」查理說，稍稍抬起一隻手，「你慢慢來。」

因為他是查理，他在多年前把自己弄得汙髒不堪，因為他是查理而不是別人，他才無法對兒子說：你正派、強壯，而這些都與我無關。但你經歷了那段並不是如玫瑰般美好的童年，我為你驕傲，我為你驚喜。查理甚至沒法簡略地形容那種感受。他也甚至做不到在迎接或告別兒子的時候，拍拍他的肩膀。

※

他站在汽車旅館敞開的房門口，盯著停車場，這樣她就會知道，然後回到這來。當她從車邊走向他，他意識到她察覺出他在看著她——不過他並沒有真的在看她，因為秋天的氣息引誘了他，突降的寒意和那肥沃的泥土芬芳，帶著某種近似激情的東西將他俘獲。小心，他想。小心。他退後幾步讓她進來。

這次翠西沒脫外套，她沒有坐到床上，而是坐進了桌邊的椅子。他從她的臉上看出她一直在做準備。「求你了，查理。求你相信我。我需要錢。」

「我知道你需要。」

「那行行好吧。」

可能他是在故意等著，看她是否會說他虧欠了她，自從他認識她以來，他第一次看見她的雙眼充滿淚水。「啊，翠西。告訴我吧。說吧，寶貝，是什麼事？」

「是我兒子。」

非常遲鈍但卻又立刻地——這就是查理的感受——他明白了。她兒子惹上了毒品的麻煩，欠了別人一萬[4]美元。這個想法像一隻深色的巨鳥飛進屋子，張著寬大而駭人的翅膀。他直截了當地問了她。

她點點頭，接著淚水滾下臉頰，流著，流著。他此前從未見她哭過，這會兒出奇地被滴落到她衣服上的一道道睫毛膏黑水給迷住了，她的青綠色尼龍罩衫、黑色短裙，甚至靴子上都滴到了。他的妻子從不化妝。

「啊，翠西。孩子，嘿，甜心。」他向她張開一隻手臂，相信自己看到了她想要靠近他的意圖，或許她本來會的，但他說：「翠西，這麼做的話，你會讓自己置身危險之中。」

這句話裡似乎有什麼深深地冒犯了她，她搖著頭，戴滿戒指的雙手握緊了拳頭。「你他媽的知道什麼？你以為你知道——真他媽不好意思，你什麼屁也不知道。」

這正中他的下懷。「我不能這麼做，」他輕鬆地說，「我不能就那樣從銀行帳戶裡取一萬塊錢出來，還不讓瑪麗蓮知道。況且無論如何，我不會那麼做的。」

接著，她的碧眼變得像是發著光的幽暗鼻孔，看著她時，他腦中出現了這樣的畫面：她的眼睛像馬的鼻孔一樣翕動，往上翻著，向後扯著。「如果我拿不出這筆錢，我兒子會沒命的。」現在她不哭了。她的呼吸變得短而急促。

查理非常緩慢地坐到床沿，臉朝著她。最後他輕聲說：「你清楚我並不知道你有個兒子。」

「噢，當然，我沒告訴過你。」

「但為什麼不說？」他認真地問，十分不解。

「我想想。」她把一根戴戒指的手指放到下巴上，擺出誇張的沉思模樣，「因為如果我解釋了情況，你也許會看不起我？」

「翠西，很多人的孩子都惹了麻煩。」她的挖苦讓他心煩，好像一把刀在刮擦著他的手臂。「我會看不起你嗎？」他回答道。

「哈！沒錯，你怎麼可能看不起——」

「別說了。該死的。現在就停下。停下。」他站起來。

她輕聲說：「你也停止你那白種人的自由主義式憐憫吧。」

他及時地——查理總是這麼及時——控制住了自己，沒有摑她一巴掌，他幾乎都能感到一陣刺癢遍穿他的手掌。她輕蔑地扭頭不理他，他也沒道歉。輕蔑不像是她的行為，他感覺其中有一種做作的成分。

軍隊裡曾經有一位牧師。上帝啊，他真是個好人，很單純。「上帝與我們一同哭泣。」他曾經說，你沒法因為這個跟他生氣。在溪山的那個夜晚之後，他們帶來了另個牧師，一個騙子。很戲劇化。「耶穌是你的朋友。」這個新牧師會這麼說，一股愚蠢的自命不凡，好像在分發由他一人掌管的耶穌藥丸。

※

4　「一萬」在英文中以「ten thousand」表示，和上文翠西所說的「ten」（十個數）呼應。

有次他去了趟醫院，他們請他回去參加一個小組。他們建議說，聽聽別人不得不吐露的心聲會有幫助。但那裡有——噢，查理想到這個就頭大——一圈折疊椅，有疲憊不堪的年輕人，那裡基本上都是年輕人。他們談到進入伊拉克的城鎮，他們談到睡不著覺，他們談到過量飲酒，查理無法忍受。有些年輕人臉上還有粉刺。他曾經給這麼大的孩子下過命令，看見他們使他反感。他厭惡這些人，這讓他感到恐懼。在那裡和他們在一起，讓那件他覺得可能會殺死他的事變得更糟了，因為他能看出——他擔心過這個——組織這個小組的人並不真的知道該做什麼。因為沒有什麼可做的。聊聊那個。沒問題。抽根菸休息下，再聊聊那個。第三次聚會上，在他們抽菸休息時，他離開了，他真的很害怕。

他是透過刊登在網路上的廣告認識羅蘋的。他從卡萊爾開了兩個小時的車到皮奧里亞，在城裡最古老的賓館大廳裡第一次見到了她。賓館剛翻修過，大廳裡的玻璃和瀑布閃閃發光，他和羅蘋坐在樓下的酒吧裡時，右邊的電梯殷勤地發出砰的一聲。他們輕聲交談，噢，全能的上帝啊，他很多年都沒有離快樂這麼近了。她是個淺膚色的黑人女孩，有一雙綠色的眼睛，散發出一種沉靜的自信。這種微微削弱了權威感的柔光，讓他立即愛上她兩顆門牙之間的縫隙，她睫毛上方的眼線，還有她聆聽、點頭和說「沒錯」時的樣子。她四十歲，有兩個女兒，羅蘋沒法陪她們的時候，她們就和祖母住在一起。他在頂樓開了個房間，從那裡能看到河流，他留意到她小心地注意著時間，當他超時了就提醒他再加一小時，但她溫柔、平靜又禮貌，這種品質甚至在她性欲美妙爆發之下也不曾流失。從一開始他就沒覺得她是裝的，因而他一直都感覺良好。真的很不錯。

「你為什麼幹這行？」他問。「他們一定都很好奇。」他補充道。

「有些人好奇，大部分人不會。為了錢，」她說，坐起身子，微微聳了聳肩，「就這麼簡單。」她突起的脊椎在皮膚下筆直地排成一條線，讓他心醉神迷。

幾個月後，她提議他們在離皮奧里亞半小時路程的汽車旅館見面，省下去豪華賓館的錢，這樣可以多見幾次。只是他沒法比之前更常來見她，他脫不開身，於是他們繼續在汽車旅館見面，他多給她一些錢，之後他們相愛了——真的，他從一開始就愛上她了，她說她也愛上他了，她告訴他她的名字叫翠西，當時她衣著整齊，坐在那張椅子上。這就是這七個月裡一直持續的狀態：不顧一切地相愛。查理不喜歡不顧一切。

※

翠西站在浴室裡，從牆上的開口裡扯著衛生紙。查理坐在床上，他能看見她猛拉著那僵硬的白色下襬。旅館保證不會讓你偷走一整盒面紙。她擦了臉，用面巾洗了洗，補了點口紅，又回到房間。他重又感到寬慰，這種感覺從未遠離。都會結束的，重要的事莫過於此。隨後翠西——老天，人們總能讓你驚喜——說了句可笑到發瘋的話。她說：「以你的品格，我覺得你會幫我的。」

他讓她重複一遍，她說了，看上去有點謹慎。他坐到床上，大笑不停。笑聲有點刺耳，很快他止住了笑。「我沒有。」他終於說，用袖子擦著臉。此時她略帶惱怒地看著他。「品格，」他接著說，「我沒有。」

那些日子像是遠古時代，那時品格被認為意味著一切，彷彿品格是所有正派舉止都為之俯首的一座祭壇。如今科學表明遺傳特徵具有決定性，這直接把關於品格的那一套東西扔下了瀑布。焦慮是內在的，或是在創傷事件後變成內在的。一個人無法變得堅強或虛弱，而是他本來就是如此——沒錯，他就是缺少品格！缺少這種高尚。噢，這就像你在目睹了宗教最卑劣、最粗陋的那一面後被迫放棄它，就像你不得不把天主教會看作戀童癖、無數被掩蓋的真相，以及那些勾結希特勒或墨索里尼的主教的老巢一樣——查理不是天主教徒，他認識的少數天主教徒仍在參加彌撒，但他無法理解，畢竟他們面前輝煌的立面已經分崩離析。教會當然正在垮臺，但勤勞、正派與品格的新教概念也是如此。品格！究竟有誰還在用那個詞？

翠西。翠西還在用那個詞。他望著她，她的眼睛仍然被睫毛膏暈成一片黑色。「嘿，孩子，」他說，「嘿，翠西。」他朝她張開雙臂。

她低聲說：「我不叫翠西。」過了會兒她又說：「那個證件是假的。如你所知。全部都是假的。」她身子前傾，悄聲說道：「假的。」

他發出了一聲聲響。這並非什麼不尋常的事。他經常不自覺地發出聲音。有時在公眾場合他也這樣，人們會被嚇到。有次在一座圖書館裡，一個年輕人看著他，查理明白他發出了聲音，一聲咆哮。瑪麗蓮，愚蠢的女人，輕聲對那個男孩說：「他參加過那場戰爭。」

這孩子不明白瑪麗蓮的意思。

很多年輕人不知道他服役的那場戰爭的名字。是因為它更像一場衝突而不是戰爭嗎？是因為這個國家已出於恥辱而將那場戰爭拋之腦後，就像拋下一個在大庭廣眾下仍然任性、讓人難堪的孩子嗎？或者歷史就是這樣運作的？他不知道。但當他聽見一個和如今所有人一樣擁有一口好牙的年輕人說：「等等，那是什麼？抱歉——」接著擺出自嘲的、帶著虛偽歉意的鬼臉，試圖猜測查理的年齡：「抱歉，呃，是第一次伊拉克戰爭嗎？」這時查理就想哭，想大哭，想怒吼：「我們做那件事是為了什麼，為了什麼，為了什麼？」

他從來沒有擺脫對所有亞洲人持久的厭惡。

還有所有驚恐地看著他的女人。

「我有個主意。」查理站起來說，「我們走。」

她把包背到肩上，等待著。她沒有驚恐地看著他。她根本沒有看他。

他拿外套的時候，衣櫥裡的衣架互相碰撞，為了防止偷竊，這些金屬衣架的鉤子完全纏繞在橫桿上。「都好了？」他興高采烈地問，套上外套，接著往後站了站，讓她在他前面出門。謹慎帶來的熟悉的古怪感覺又出現了。他對自己有多愛她——如今這更多是一種認知而非感覺——感到困惑，這在任何可能的層面上都說不通，除了唯一重要的事：她救了他，給了他呼吸的空間。或許是他藉由她給了自己空間，因為注視著她的時候，他看不到任何——

完全沒有——能讓他產生這種感覺的東西。他仍然渴望她，卻發現她的樣子令人困惑。但一切都結束了，感謝上帝。那片開闊的解脫之地仍在。

「開車跟著我。」他說。

他掉頭向這個城鎮的中心開去，除了這家汽車旅館，他對這裡幾乎一無所知。他知道大街上的百貨公司，還有維多利亞風格的民宿，外頭總掛著「有空房」的牌子，但它那清新的淡藍色看起來總是很好客的樣子，像一個害羞而內心善良的孩子。他不知道哪裡有他那家銀行的分行，但他開著車，就好像銀行會出現一樣，他只往後視鏡裡看了一眼，看到她跟在後面。她咬著嘴唇，他熟悉這個動作，知道自己不用再看後視鏡了。他開著車，右邊的太陽已經完全落了下去，他再一次意識到他感覺良好。經過一座老教堂時他想，要不是她跟在後面，他也許會把車停在路邊，就為了看看它。

他有時會感覺自己需要做禱告。這種需要與他妻子的模樣一樣讓他厭惡。他在一個衛理教會中長大，教會沒有為他做過任何事，除了讓他把這段經歷跟暈車連結在一起。他和瑪麗蓮參加過幾次公理教會的儀式，因為她想去，只是當孩子進入青春期，那種義務性的活動就減少了。他告訴她，他無法忍受那些，她沒有和他多作爭論，兩人只是不再前往。教會的人也沒有糾纏他們。除了參加孫輩們的洗禮，以及帕蒂・奈斯利丈夫的葬禮，查理已很多年沒再上過教堂。

但這些天來，他有時就是會想到教堂裡去禱告一番。他想雙膝跪地，至於他會為了什麼而禱告呢？寬恕。除此之外，沒有什麼事需要禱告的，如果你是查理・麥考利。查爾斯[5]・麥考利沒有資本，也沒那麼愚蠢，去為他孩子的健康祈禱，或者祈禱自己有能力更愛他的妻子——不不不不不——查理・麥考利只能如此祈禱，跪在地上，親愛的上帝，如果祢能忍受的話，就請寬恕我。

但這多麼噁心。這讓他噁心。

在右邊，經過又一個紅綠燈後，他看見了一家分行的招牌。他把車開進停車場，看到銀行還開著，便有了一種奇怪的成就感。他看著她在他後面停下車。他用一隻手示意她待在原地，她點了點頭。約十分鐘後，他拿著兩信封現金出來了——它們像兩大塊軟塌塌的肉——從半開的駕駛座車窗中交給她。她把車窗又搖低一些，似乎要感謝他，但他搖搖頭，阻止了她。「如果我又收到你的消息，我會找到你，再親手宰了你，」他冷靜地說，「不管你是叫翠西還是蕾西，狗屁還是靚女。懂了嗎？因為你會得寸進尺。」

她發動引擎，把車開走。

5 查理是查爾斯的暱稱。

這時他開始發抖，先是雙手，接著是雙臂，然後是大腿。他偷了瑪麗蓮的錢，這有什麼不同嗎？他覺得這似乎和他做過的其他任何事都不同。他已經沒在掙錢了，她也一樣。這真讓他吃驚——他偷了妻子的錢。他坐在車裡，一直等到感覺自己可以繼續開車。

此時天空中只剩最後一抹餘暉。這是個危險的時刻，因為實際上天已經黑了，不再是黃昏，夜晚迅速而悄然地降臨了。但還沒有入夜。離睡覺還有好幾個小時。他的藥最多只能讓他睡五個鐘頭。

這家民宿比從街上看起來的要大。他把車停進屋子後面的停車場，再走回到前面——清爽的空氣吹在臉上，像是他很多年前用過的金縷梅鬍後水——他走上前門臺階，腳下響起輕輕的嘎吱聲，讓他感到些許愜意。他的直覺告訴他，當真正的打擊降臨，這裡是個好去處。他在這裡會很安全，這裡容得下他這樣的人。事實上，來開門的女人和他年紀相仿，可能更老一些，她是個拘謹的小個子女人，皮膚很好。他立刻想：她會怕我的。但她似乎並沒有害怕。她直視著他的眼睛，問他能否接受一個沒有電視的房間。如果他想看電視，可以在客廳裡看，其他客人好像都已經睡了。

一開始他告訴她不用，他不需要電視，但看到自己的房間後，他意識到他沒法坐在那裡乾等著，於是又回到門廳。她說：「當然了，」她遞給他遙控器，接著說：「你介意我搞定廚房的雜事後和你一起看嗎？」他說他不介意。「看什麼我都無所謂。」她補充說。隱約地，他明白了她也有自己痛苦的回聲——他想，在他們這個年紀，誰沒有呢？隨後他又想，很多人都沒有。他經常在想，很多人都沒有他頭腦中靜默的噪音所引發的痛苦的回聲。

他坐在沙發上，聽到了她在廚房裡的動靜。他雙臂交叉，看著一檔英國喜劇節目，因為英國喜劇很荒謬，脫離於任何現實——安全無害。那些英國喜劇，裡面的口音和咔嗒作響的茶杯。於是他等待著。它會來的：在這樣的打擊之後，一波接一波的生猛的痛苦，噢是的，它會來的。

女主人悄悄溜進了房間。他從眼角看見她抓起角落裡那把大椅子。「噢，太棒了，」她低聲說，他猜她是在說他挑了個好節目。

他想問她：如果你選了個叫翠西的假名，你覺得你的真名應該叫什麼？

它愈來愈近了，是的沒錯。他知道它是什麼，他曾經歷過，而它會結束的。可是，比他預想的花了更久的時間。

你永遠無法習慣痛苦，無論別人如何談論它。但此時，他第一次想到——這真的是他第一次想到嗎？——還有恐怖得多的事：那些再也感受不到痛苦的人。他在別人身上見到過——那種眼神深處的茫然，那種定義了他們的殘缺。

於是查理稍稍坐直了一點，死死地盯著那臺電視機。他等待著，希望此刻就像他內心的一株番紅花球莖。他等待著，期望著，幾乎是在禱告。噢，親愛的耶穌，讓它來吧。親愛的上帝，求求祢，可以嗎？求求祢讓它到來可以嗎？

密西西比的瑪麗

「告訴你父親，我想他。」瑪麗說，用女兒遞給她的紙巾輕輕擦著眼睛，「可以請你告訴他嗎？告訴他，我很抱歉。」

她的女兒往上看著天花板——這些義大利公寓的天花板都那麼高——然後轉頭匆匆望向窗外，透過窗子可以看見外面的海，接著又看向她的母親。安潔莉娜沒法不去想她的母親看起來有多麼衰老、多麼矮小。奇怪的是她還晒黑了。她說：「媽媽，求你別說了。求你別說了，媽。我花了一整年的積蓄飛過來，看到你住在這麼糟糕——抱歉，但就是這樣——這麼髒的兩房公寓裡，和這個傢伙，你的丈夫一起。噢，上帝。而且他跟我差不多大，我們剛剛忽略了這個事實，但我們除了忽略這個事實還能做什麼呢？你現在已經八十歲了，媽。」

「七十八。」瑪麗停止哭泣，「他也根本不是跟你差不多大。他六十二歲。拜託，親愛的。」

安潔莉娜說：「好吧，你七十八歲。但你中風過，又得過心臟病。」

「噢，拜託，那是很多年前的事了。」

「而你現在告訴我，要我跟爸爸說你想他。」

「我確實想他，親愛的。我猜他有時候一定也想我。」瑪麗的手肘放在椅子扶手上，她的手無精打采地揮動著紙巾。

「媽，你沒明白，對吧？噢，上帝啊，你就是沒明白。」安潔莉娜靠坐在沙發上，兩隻手放到頭上，手指拉著頭髮。

「拜託別大呼小叫，親愛的。你從小是這樣被教導的嗎？」她母親把紙巾塞進她黃色的大皮夾裡。「我從來沒覺得自己明白過什麼。不，有很多事情我不明白，這一點我同意。不過請別對我大呼小叫，安潔莉娜。我剛才說過了吧？」瑪麗的女兒，五個女孩中最小的，也是瑪麗（私心）最偏愛的，給她取名安潔莉娜是因為瑪麗在懷孕期間就知道，她肚子裡是個小天使[6]。瑪麗坐直身子看著這個女孩，她很多年前就是個中年女人了。安潔莉娜沒有回頭看。從坐在牆角椅子上的位置，瑪麗能看見太陽照在教堂的尖塔上，她的目光停留在那裡。

「爸爸一天到晚在吼叫，」安潔莉娜說，眼朝下看著沙發套，「你不能因為我大呼小叫就也吼我，還說我不是這樣被教的，但我——我就是在一個愛大呼小叫的人身邊長大的。爸爸就是一個喜歡嚷嚷的人。」

「老嚷嚷鬼[7]。」瑪麗把一隻手擱在胸上，「說真的，那部電影可真傷心。呃，我們帶你們幾個孩子去看了，我覺得塔米得有一個月睡不著覺。你還記得他們把那條可憐的狗帶到牧場殺了嗎？」

---

6 安潔麗娜原文為「Angelina」，取「angel」（天使）之意。

7 原文為「Old Yeller」，一部於一九五七年上映的美國電影。

「他們沒辦法，媽。牠得了狂犬病。」

「礦泉病？」

「狂犬病。噢，媽媽，我不想讓你把我弄得這麼傷心。」安潔莉娜短暫地閉上眼睛，用手輕輕拍了拍沙發。

「你當然不想，」她母親表示同意，「你真的為了來這，把積蓄都花光了？你父親都沒幫你嗎？親愛的，我沒有因為你大呼小叫就吼你。我們去找點樂子吧。」

安潔莉娜說：「在國外什麼事都很難。而且義大利人不會說英語還覺得很驕傲。你第一次到這來的時候有這種感覺嗎？覺得什麼事都很難？」

瑪麗點點頭。「有過。但人總會適應的。你知道，好幾個星期，如果沒有保羅陪我，我連到街角去買杯咖啡都不想。他們一開始還以為我是他媽媽。後來他們發現我是他的妻子，我感覺他們簡直是在嘲笑我們。但保羅教會了我怎麼把硬幣放到盤子裡結帳。」

「媽媽。」

「怎麼了，親愛的？」

「噢，媽媽，這讓我很難過。僅此而已。」

「不知道怎樣正確地把硬幣放到盤子裡？」

「不，媽媽。是把你當成他母親。」

瑪麗思考了一下。「為什麼他們會覺得我是他母親？我是美國人，他是義大利人。很可能他們沒那麼想。」

「你是我的母親！」安潔莉娜喊了出來，瑪麗差點又被惹哭了，因為她痛苦地看到了她造成的所有傷害，而她，瑪麗・芒福德，一輩子從未打算或者想要傷害任何人。

※

他們坐在教堂那頭的咖啡館窗邊。咖啡館建在俯瞰海水的岩石上。八月末的陽光肆意地照耀萬物。四年來，瑪麗一直迷戀著這座村莊的美景。但瑪麗非常焦慮。她的大女兒塔米發電郵給她，說安潔莉娜的婚姻出了問題，瑪麗想等她們獨處的時候找安潔莉娜問個清楚，但她似乎做不到。她要等安潔莉娜主動提起這件事。瑪麗指著一艘開往熱那亞的大郵輪，安潔莉娜點點頭。她們座位旁的窗戶敞著，門也敞著。瑪麗吃掉了她的杏桃餡羊角麵包，把手放到安潔莉娜的臂膀上。她開始輕聲唱著〈永駐我心〉，但安潔莉娜皺著眉頭說：「你對貓王還是那麼著迷嗎？」

「是啊。」瑪麗坐直身子，把手放在膝蓋上，「保羅幫我把他所有的歌都下載到手機裡。」

安潔莉娜張開嘴，緊接著又閉上。

透過餘光，瑪麗又一次注意到了歲月在她的寶貝身上留下的痕跡。安潔莉娜的臉、嘴角和眼睛周圍都起了皺紋，瑪麗不記得之前有過。她的頭髮仍舊是淡褐色的，仍舊垂到肩下，但比瑪麗印象中的更稀少了。而且她的牛仔褲太緊了！瑪麗很快就注意到了這個。「看啊，親愛的，」瑪麗說，朝大海揮著手，「我就是喜歡義大利這種更加戶外的生活。敞開的門，打開的窗戶。」

安潔莉娜說：「我好冷。」

「拿著這個。」瑪麗把她總是繫著的圍巾遞給她。「展開它，」她指示，「它夠寬，能把你那瘦削的肩胛骨裹得嚴嚴實實。」

她最小的孩子照做了。

「跟我說說你的生活，」瑪麗說，「事無巨細，只要你願意。」

安潔莉娜在她的藍色草編手提包裡翻了一陣，拿出手機，把它放在她倆中間的桌子上。「唔，雙胞胎和我去了一個手工市集，你肯定想不到我們買了什麼。等等，我手機裡有張照片。」瑪麗把椅子拉近了些，仔細盯著手機，她能看見雙胞胎的其中一個送給塔米當生日禮物的那件漂亮粉色毛衣。

「再跟我說點別的。」瑪麗說。她的興致好像突然高上了天。給我看，給我看，她的心在呼喊。「我要看全部的照片。」她說。

「我有六百三十二張照片。」安潔莉娜瞟了一眼手機說。

「每一張我都要看。」瑪麗對她甜美的小女兒微笑著。

「不許哭。」安潔莉娜警告說。

「一滴淚都不會流。」

「哭了我們就不看了。」

「我的天啊。」瑪麗說，一邊想：這女孩究竟是誰養大的啊？

※

她們走回公寓時，太陽躲到了一朵雲後面，光線發生了戲劇性的變化。天色突然變得像秋天一樣，而棕櫚樹和色彩鮮豔的房子與此格格不入，甚至瑪麗也這麼覺得，她本應見怪不怪了。但她在女兒手機裡看到的一切讓她困惑不已，伊利諾州的全部生活裡都沒有她。她說：「前幾天我想到了奈斯利家的漂亮女孩們。俱樂部，我想我是回憶起了俱樂部和那裡的舞蹈。」

「奈斯利家的漂亮女孩都是蕩婦。」安潔莉娜轉過頭來說。

「不，她們不是。安潔莉娜。別犯傻。」

「媽。」安潔莉娜停下腳步，轉向她母親，「她們是蕩婦。至少最大的兩個是。她們跟所有人都上過床。」

瑪麗也停了下來。她摘下墨鏡，看著她女兒。「你認真的？」

「媽，我以為你知道。」

「我怎麼可能知道？」

「媽，大家都知道。我當時告訴過你。我的上帝。」安潔莉娜過了會兒又說：「但帕蒂不是。我覺得她不是。」

「帕蒂？」

「奈斯利家最小的女孩。她現在和我是朋友。」安潔莉娜把墨鏡推上鼻梁。

「噢，那很好，」瑪麗說，「真是太好了。你們當朋友多久了？」

「四年。她和我是同事。」

四年，瑪麗心想。四年了，我都沒見過我最心愛的小天使。瑪麗瞥了一眼她女兒，又覺得她的牛仔褲在她瘦小的屁股上繃得太緊了。她是個中年女人了，安潔莉娜。安潔莉娜有外遇嗎？瑪麗緩緩搖頭。「噢，我在想她們還是小女孩的時候，奈斯利家的漂亮女孩們。你父親和我去參加了她們其中一個的婚禮。她們在俱樂部辦了招待會。」

安潔莉娜又走了起來。「你想念那裡嗎？」她轉頭問道，「俱樂部？」

「噢，親愛的。」瑪麗的呼吸變得急促，「不，我不能說我想念俱樂部。它從來就不適合我，你知道的。」

「但你們那幫人常去。」一陣微風吹起了安潔莉娜的頭髮，髮梢飄到了肩膀上方，筆直地朝上。

「我們是常去。」瑪麗跟著她女兒走到街上，過了會兒，安潔莉娜轉過身來等她。「他們有一面牆，玻璃底下擺滿了印第安人的箭頭，我不確定。」瑪麗說。

「我不知道你不喜歡那裡，」她女兒說，「媽，我的婚宴就是在那裡辦的。」

「親愛的，我是說它不適合我，不適合。我不是那樣長大的，我也從來沒有習慣過，所有那些光鮮的衣著和愚蠢的女人。」噢，天啊，瑪麗想。噢喔。

「媽，你不記得奈斯利太太了嗎？你知道她出了什麼事嗎？」安潔莉娜看著她母親，她的眼睛被擋在墨鏡後面。

「不記得。她怎麼了？」瑪麗問。一陣驚恐襲來，盤桓在她心頭。

「沒事。來，我們走吧。」

「等一下。」瑪麗說。她走進一家小店，安潔莉娜跟著她擠進去。櫃檯後面的男人說：「啊，早安，早安。①」瑪麗用義大利語回應了他，指了指安潔莉娜。男人把一包香菸放到他身前的小櫃檯上。瑪麗說：「是的，謝謝。②」接著又說了些安潔莉娜聽不懂的話，男人咧開嘴大笑著，露出一口汙濁的牙齒，還缺了幾顆。他很快地回應了她母親。她母親轉過身，她的黃色大皮夾撞上了安潔莉娜。「親愛的，他說你很美。美極了！③」[8]她母親又和男人說了

[8] ①②③原文為義大利語。

句什麼，接著她們回到街上。「他說你長得很像我。噢，我好久沒聽人這麼說過了。人們以前總說，她長得像她母親。」

「媽，你還在抽菸嗎？」

「一天就一根，是的。」

「我以前很喜歡聽別人說我長得像你，」安潔莉娜說，「你確定每天抽一根沒事嗎？」

「我還沒死。」瑪麗本來要說：我很驚訝我還沒死。但她警告過自己，不要和安潔莉娜提她死的事。

安潔莉娜把手臂伸進母親的臂彎，母親拉著她，閃開一個騎自行車的女人。「媽，」安潔莉娜說，一邊轉身看著，「那個女人和你一樣的歲數，她在抽菸，她脖子上掛著珍珠，穿著高跟鞋，踩著自行車，車後面放著一籃子東西。」

「噢，我知道，親愛的。我剛到這來的時候很驚訝。之後我明白了——這些女人是那些開車去沃爾瑪的人的不同版本。只不過她們是騎車去。」

安潔莉娜打了個大大的哈欠。最後她說：「什麼事都會讓你驚訝，媽。」

※

公寓裡，瑪麗躺在她的床上午休，安潔莉娜說她要給孩子們發電子郵件。透過窗戶，瑪麗可以看見大海。「把你的電腦帶到這來。」她喊她的女兒，但安潔莉娜回答：「你休息吧，媽，我沒事。我們晚點會跟他們視訊。」

求你了，瑪麗想。求求你過來陪著我。因為她的小女兒——她的最愛，她的孩子中唯一一個四年沒見過她，而且拒絕見她的人！雖然這女孩一年前說過她會來——這個女孩（女人）現在就在公寓的隔壁房間裡，這個事實為瑪麗的生活賦予一種真實感，但這個孩子現在就在這裡，這一點也不真實。求你了，瑪麗想。但她累了，這個「求你了」也可能是祈求保羅和他的孩子們玩得開心，他現在正在熱那亞看望他們；或者是祈求她的其他幾個女兒身體健康，噢，有很多事可以讓瑪麗說「求你了」——

凱茜・奈斯利。

瑪麗用一隻手肘撐起身子。那個拋棄了家庭的女人。一股熱流湧遍瑪麗的全身，她想起了那個女人：嬌小，可人。「哈。」瑪麗輕聲說，又躺下了。在她的微笑背後，凱茜・奈斯利從未喜歡過瑪麗，而瑪麗直到現在才明白，這是因為她出身卑微。「出身卑微」是瑪麗的婆婆對瑪麗身世的評價。確實如此。他們家窮得叮噹響。但瑪麗曾經是個可愛的小傢伙，一個啦啦隊隊員，她吸引了芒福德家男孩的注意，他父親做的是農業機械的大生意。她知道些什麼？躺在床上，瑪麗搖著頭。她一無所知。

她翻身側躺著，一邊想，好吧，她現在知道一些事了：凱茜・奈斯利從來沒有真正接納過她。瑪麗不屑地擺了擺手。但他們去參加了她一個女兒的婚禮。是大女兒？一定是。很多年前了。

等等。等等。等等。

瑪麗現在想起來了。凱茜・奈斯利那時已經搬出去了，人們在婚禮上小聲議論說她有了外遇。不知怎的——為什麼會這樣？——正是這些小聲議論讓瑪麗明白了，她自己的丈夫也一直有外遇，和那個可怕的胖子艾琳，他的祕書。過了好幾天他才向她招供，隨後瑪麗心臟病發作——好吧，在她個人世界崩塌的當兒，她當然不記得凱茜・奈斯利了。

她把手伸到床的另一邊，把她的黃色皮夾拉到身邊，翻出手機，戴上耳機。貓王唱著〈我失去了你〉。貓王比瑪麗大兩歲，來自瑪麗出生的那個密西西比州的小鎮，他一直是她的祕密朋友，雖然她從未見過他。她還是個嬰兒的時候，就被送到了伊利諾州的農場，這樣她父親就可以在他卡萊爾鎮表兄的一個加油站工作了。有次，貓王在她住的地方表演了兩個小時，但因為孩子太小，她沒能去看。噢，瑪麗用來想貓王的時間超過任何人的想像，就這樣，她腦海中的快樂——因為藏在腦中，別人無從知曉——在她婚姻的初期便萌發了。在她的腦海中，她曾和貓王一起在後臺，她凝視著他孤獨的雙眼，讓他知道她理解他。在她的腦海中，關於那個愚蠢的喜劇演員在全美電視臺上說他是「四十歲的胖子」，她安慰了他。在她的腦海中，他們有過獨處的時光，他同她聊起他的家鄉和他的媽媽。他死的時候，她靜靜地哭了好幾天。

但是保羅——她告訴了保羅她幻想中和貓王的生活，保羅看著她，一隻眼半睜半閉，隨後張開雙臂擁抱了她。自由。噢，上帝，被愛的自由——！

她醒來時，看見女兒在門口。瑪麗拍了拍她身邊的床。「來吧，親愛的。他不睡那邊，我睡在他的位子上。」

安潔莉娜把她那臺亮閃閃的小電腦放到梳妝臺上，走過去躺在她母親身邊。瑪麗說：「看那片大海，一直流到西班牙。」安潔莉娜閉上眼睛。瑪麗坐直了一點。「喂，你父親的腦子怎麼樣了？」她輕輕打了個嗝，口中又泛起了剛剛羊角麵包裡杏桃餡料的味道。

「他沒發瘋，」安潔莉娜說，「不過我一直在留意。」

「很好。」瑪麗回答。她在她的黃色大皮夾裡找到一張紙巾，用它沾了沾嘴唇。「不過，我想說的是他的癌症。」

安潔莉娜睜開眼睛，坐了起來。「癌症沒有復發。你覺得我們會不告訴你嗎？」

「我不知道。」瑪麗如實回答。

「我們沒那麼狠心，媽。如果爸爸又生病了，我們會告訴你的。拜託，媽媽。」

「安琪[9]，你當然不狠心。沒人說你狠心。我只是問問。」瑪麗想：我是個傻瓜。這種

9 安潔莉娜的暱稱。

清晰的信念讓她為女兒感到難過，她又哭了起來。她坐得更直了。「拜託，我們別再想這個了。」她從她的黃色皮夾裡掏出一整袋用過的衛生紙，扔進床邊桌子下的廢紙簍裡。

安潔莉娜笑了。「你真有意思。你總是留著用過的衛生紙。」聽到她可愛的孩子笑了，瑪麗也笑了。「我跟你說過，當你有五個女兒，而她們都因為感冒待在家裡的時候，你就不得不走來走去撿衛生紙——」

「我知道，媽媽。我知道。」安潔莉娜把頭枕在母親的手臂上，她母親則用另一隻手輕撫著女兒的臉。

※

誰會在五十一年後拋棄一段婚姻？不會是瑪麗・芒福德，這是肯定的。她搖著頭。安潔莉娜問：「怎麼了，媽媽？」瑪麗又搖了搖頭。她們仍躺在床上。誰會在五十一年後拋棄一段婚姻？

好吧——瑪麗就這麼幹了。她一直等到五個女兒都長大成人，一直等到她從心臟病中恢復，在她發現丈夫和他的祕書已經有染十三年之後——和那個胖女人在一起十三年——她就得了心臟病，之後她又等著中風痊癒，中風是在她丈夫發現保羅的來信之後——大約十年前——噢，他大叫著，滿臉通紅，額頭上可怕的血管幾乎要爆開，但卻是爆在她的腦子裡。她以為那是婚姻的一部分，她接管了他爆裂的血管，接著她一直等到他從腦癌中活下來，似乎就是在她告訴他她要離開他之後，他立刻就得了腦癌。於是她一直等待著，親愛的保羅也等待著，就這樣，她來到了這裡。

你怎麼會知道呢？你什麼也不會知道，任何覺得自己知道一些事的人——嗯，他們一定會收穫巨大的驚喜。

「你對我真好。」安潔莉娜依舊躺著，她脫掉黑色的平底鞋，鞋子掉到地板上發出輕柔的聲響。

「親愛的，你是什麼意思？」

「你對我太好了，媽媽。你哄我睡覺，一直到我十八歲。」

「我愛你，」瑪麗說，「我現在依然愛你。」

「這是你睡的那一邊，對嗎？」安潔莉娜坐起來。

「是的，親愛的，我保證。」

安潔莉娜嘆了口氣，又在她母親身邊躺下。「對不起。等他明天回來，我會好好對待他的。我知道他人很好，媽。是我太孩子氣。」

瑪麗說：「如果我是你，我也會有同樣的感覺。」但她覺得這不是真的。她看了一眼時鐘，說：「來吧，我該去游泳了。」

安潔莉娜從床上下來，把頭髮披到一側肩膀上梳平。「你晒得真黑，」她對母親說，

「真有趣，看到你這麼黑。」

「噢，都是去海邊的關係。」瑪麗走進浴室，穿上泳衣，外面套了一條連身裙。「走吧。喏，在水裡你什麼也不用做，只需要坐著。水會讓你浮起來的，我發誓。」

四點鐘的太陽燦爛奪目，高高建在山上的房子被陽光照亮，那蒼白的顏色，亮黃色的花，棕櫚樹。瑪麗踩著她的塑膠鞋穿過岩石，下到海灘上。她脫下連身裙放到毛巾上，找出她的泳鏡。

「媽媽，你穿的是比基尼。」

「兩件式，親愛的。看看四周，你有看到誰穿了連身泳衣嗎？除了你？」瑪麗戴上泳鏡，走進水裡，不一會兒她就遠離岸邊，逕自游開了。她看見了身下的小魚。游泳是她一天之中最享受的時刻，甚至在她女兒來探望她的此刻也是。水花讓她停了下來。安潔莉娜在那裡，頭髮都濕了。「媽，你真好玩。黃色的比基尼，還有泳鏡。噢天哪，媽媽！」她們游著，笑著，太陽斜照在她們身上。

安潔莉娜坐在一塊被太陽烤熱的岩石上，問道：「你有朋友嗎？」

「有。」瑪麗點頭說，「瓦萊里婭是我最重要的朋友。我沒寫信跟你提過她嗎？噢，我愛她。我在廣場上遇到她，看見她坐在一個老婦人身邊——哎，她呀，瓦萊里婭，長著最甜美的臉龐，安潔莉娜，我見過最甜美的臉龐。除了你的。她和一個老婦人坐在海邊，那個老婦人的腿非常黑，好像曬了一百年的太陽。我就盯著那個女人的腿，黑黝黝的外皮下是紫色的血管，就像香腸，真的，然後我想：生命真是個奇蹟啊！這兩條老腿裡還有血在流。我正想著這個，接著看了眼正在和她說話的那個女人。這個小不點，瓦萊里婭，幾乎坐在她的大腿上，她那張甜美的臉龐——哎呀——」瑪麗搖著頭。「兩天後在教堂邊上，這個小個子女人徑直朝我走來。她會說一些英語，我會一點點義大利語。是的，我有了個朋友。你可以見見她，她很想見你。」

「好，」安潔莉娜說，「可能過幾天吧。我不知道。」

「隨時都行。」

她們前面有四艘輪船，一艘是駛往熱那亞的遊船，其他的是油輪。

「他對你好嗎，媽媽？」

瑪麗說：「他對我很好。」

「那就好。不錯。」過了會兒安潔莉娜又說：「他的兒子們呢？還有他們的妻子呢？他們也都對你好嗎？」

「非常好。」瑪麗不屑地揮了揮手，「看看保羅都為我做了什麼，親愛的。他把貓王所有的歌都載到我手機裡了。」瑪麗伸手去拿手機，看了看，接著放回她黃色的大皮夾裡。

「你說過了。」安潔莉娜說。隨後她換了種更和善的語氣說：「你一直都喜歡黃色。」她摸著母親的皮夾，「這就是黃色的。」

「我一直都喜歡黃色。」

「還有你黃色的比基尼。你樂死我了，媽媽。」

另一艘船出現在遠方的地平線上。瑪麗用手指著它，安潔莉娜緩緩點頭。

※

她給安潔莉娜放洗澡水，就像她許多年裡所做的那樣，她正想著這女孩會不會留她下來聊天，她小時候她們經常這麼做。但安潔莉娜說：「好的，媽媽。我很快就會洗完出來的。」

躺在床上——她的大部分時光都在床上度過——瑪麗看著高高的天花板，她覺得女兒無法理解一直如此飢餓是什麼感覺。將近五十年的焦渴。在她丈夫的四十一歲生日驚喜派對上——瑪麗一直都很驕傲她辦了這個派對，因為這真的會給他驚喜，嘿，他真的很驚喜——她發現他沒有和她跳過舞，一次也沒有。後來她才醒悟，他只是不愛她了。而在女兒們為他們舉辦的結婚五十週年派對上，他也沒有邀請她跳舞。

那年，女兒們後來送了她一份生日禮物，跟團去義大利旅行，她那時六十九歲。當旅行團來到小村莊伯利亞斯科，她在雨中迷路，保羅發現了她，他會說英語，而她沒有過多地考慮他的年齡。她墜入了愛河。真的。他已經結婚二十年了，而他自我感覺像是五十年，如今他孤身一人——他們倆都很焦渴。

但這些天裡她愈加頻繁地想起她的丈夫，她的前夫。她擔心他。你不可能和一個人生活了五十年卻不擔心他。或者不想他。她時常因為想念他而感到喪氣。安潔莉娜一直沒提起她自己的婚姻，瑪麗正忐忑不安地等著她開口。安潔莉娜的丈夫是個好人。誰知道呢？誰知道。

※

在浴缸裡，安潔莉娜仰起頭，把洗髮精抹在頭髮上。和母親一起游泳讓她很高興。但此時，她坐在這個可怕的舊貓腳浴缸裡，努力握住古怪的小淋浴水管，以免水噴得到處都是，此時安潔莉娜感覺糟糕透頂，她覺得自己無法再相信任何事了。她無法相信，她的母親看上去如此陌生。她無法相信她的母親不再住在距離她和孫子們十英里的地方。她無法相信她的母親嫁給了一個和塔米一樣年紀的無聊義大利人。不，她想哭，她搓洗著頭髮，不不不！噢，她曾經非常想念她的母親。日復一日，週復一週，她不停地說起她的母親，傑克聽著，但後來傑克終於突然離開了，他說，你愛的是你母親，安琪，你愛的不是我。於是她現在來到這裡見她的母親，來告訴她自己的婚姻發生了什麼事：這個女人——她的母親——她愛著的人。

她的母親讓和顏悅色的保羅到機場接她，他站在這個矮小、衰老、晒黑了的女人身邊，這是她的母親（！），他沿著這些瘋狂的道路開車送她們到這裡，不如他去熱那亞和他兒子待幾個晚上，讓安潔莉娜有時間和她母親獨處，怎麼樣？安潔莉娜討厭這裡的一切，這個愚蠢村莊的美景，這棟糟糕公寓裡的挑高天花板，義大利人的傲慢。她此時在腦海中想像著她的青春，在伊利諾州，他們家旁邊綿延數英畝的玉米地。她的父親喜歡嚷嚷，這沒錯。他和那個愚蠢的胖女人有過十三年愚蠢的關係，這也沒錯。但在安潔莉娜眼裡，那只是可悲而已——當然痛苦，但也可悲。為什麼她母親看不出她的離開造成的後果？為什麼她看不出來？只有一個原因：在瘋狂背後，母親其實有些愚鈍。她缺乏想像力。

嗚嗚。嗚嗚。過去當父親發現她們之中有誰在哭，他就會對她們這麼說，還會把他的臉正對著她們。他真的是個刻薄的男人（但他是她的父親，她愛他），他贊成持槍並射擊任何闖進你家裡的人。他就是那樣長大的，如果他生的是男孩而不是女孩的話，他們可能也會像他那樣。安潔莉娜希望他永遠不要到義大利來，不要來這個可怕的小村莊，看到這個一無是處的男人保羅，他在人生的暮年把她母親的愛從她們身邊奪走。她父親如果又生病了，而且這次百分之百難逃一死，他會想方設法到這個村子來，找到一無是處的保羅，當眾一槍斃了他，再飲彈自盡。

這聽上去就像是義大利人會幹的事，太瘋狂了。

「你為什麼覺得爸爸會付錢讓我來這裡？」她問母親，她正坐在床上用毛巾把頭髮擦乾。

「他是你父親。我堅持我的說法。」瑪麗點了點頭。

「為什麼他會幫我來見他的前妻？她在他得腦癌期間離開了他。」

瑪麗感到腦子裡發出了電擊般砰的一聲，那意味著她瞬間怒不可遏。她坐直身子，背靠著床頭板。「我沒有在他得腦癌的時候離開他。這是重點所在。天哪，你們這些孩子不知道嗎？我留下來照顧他，等他好轉了，才繼續我自己的生活。」她想：要是你還胡說八道，小女孩，我又會中風的。但安潔莉娜不是小女孩，她有兩個差不多已經準備好要離開家的孩子，無論發生什麼都會讓她很敏感——但瑪麗非常憤怒。她從來不喜歡憤怒，她不知道該怎麼辦。「傑克怎麼樣？」她問，「你一次也沒提過他。」

安潔莉娜看著地板。過了會兒她說：「我們過得很艱難。我們在解決一些事情。我們從沒學會該如何爭吵。」她不悅地看了母親一眼，接著又盯著地板，「你和爸爸從來不吵架。」

瑪麗等待著。她的怒氣沒有平息，但讓她的頭腦變得敏銳了。她感到思路清晰有力。「呃，爸爸大吼大叫，你就隨他去。但我認為那不是有建設性的爭吵。」

「有建設性的爭吵，」她說，「你父親和我沒有建設性地爭吵。我明白了，接著說吧。」

「我不想談這個。」安潔莉娜仍看著地板，顯然很鬱悶。這個孩子就像只有十二歲，生著悶氣，但安潔莉娜從來不愛生悶氣。

「安潔莉娜。」瑪麗感到她的聲音因為憤怒而顫抖，「你聽我說。我四年沒見你了。其他孩子都來看望過我，而你沒有。塔米甚至來了兩次。唉，我知道你生我的氣。我不怪你。」瑪麗坐起來，雙腳踩在地板上。「等等。我確實要怪你。」

安潔莉娜驚慌地抬頭看著她母親。

「我責怪你，是因為你是成年人了。我沒有在你小時候離開你。我做了所有我能做的，之後——我戀愛了。所以繼續憤怒吧，但我希望，我希望——」然後瑪麗的氣消了，她感覺很糟。安潔莉娜的樣子讓她感到非常難過。「說句話，親愛的，」瑪麗說，「說什麼都行。」

安潔莉娜什麼也沒說。瑪麗沒有想到她女兒不知道該說什麼。她們沉默了好幾分鐘，安潔莉娜盯著地板，瑪麗盯著她的孩子。終於，瑪麗開口了。她輕聲說：「我有沒有告訴過你，當醫生把你交給我的時候，我一眼就認出了你？」

安潔莉娜看著她。她輕輕搖了搖頭。

「其他孩子我都沒有認出來。噢，我當然立刻就愛上她們了，但你不一樣。醫生說『抱好你的女兒，瑪麗』，我接過去，看著你，這真是最奇怪的事了，安潔莉娜，因為我在想，噢，是你。看上去並不奇怪。感覺就像是世界上最自然的事，但我認出了你，親愛的。我不知道為什麼，但我就是認出了你。」

安潔莉娜走到母親那一側的床邊，坐在她身旁。安潔莉娜說：「告訴我你是什麼意思。」

「噢，我看著你，我想——我就是這麼想的，親愛的——噢，是你，當然是你。這就是我想的。我知道是你，但更多的是，我認出了你。」瑪麗撫摸著女兒的頭髮，還是濕的，散發著洗髮精的氣味。「我抱著你的時候，我知道我抱著的是——」

「一個小天使。」安潔莉娜和母親同時說。她們沉默了一會兒，手牽著手坐在床邊。最後瑪麗說：「你還記得你有多喜歡那些關於草原上的女孩的書嗎？我們後來在電視上也看過的？」

「我記得。」安潔莉娜轉向她，「不過，我記得最清楚的，是你怎麼哄我上床睡覺的。每天晚上。我無法忍受你離開我。每天晚上我都會說，還沒到時候！」

瑪麗說：「有時候我太累了，就在你身邊躺下，如果我的頭跑到你的頭下面，你就受不了。你還記得嗎？」

安潔莉娜說：「那就像你變成了孩子。我需要你是個成年人。」

瑪麗說：「我明白。」她們又沉默了。隨後，瑪麗握著她女兒的手腕說：「別告訴你姊妹們，我在你出生時就認出了你，卻沒有認出她們——我不喜歡祕密。但應該讓你知道。」

安潔莉娜又坐直了一些，說：「那這一定意味著——」

「我們不知道這意味著什麼，」她母親說，「我們不知道這個世界上的任何事情意味著什麼。但我知道，當我看到你時我明白了什麼。我知道你一直都讓我很開心。我知道你是我最親愛的小天使。」（她沒有說出口，只是短暫地想到：你總是占據了我心中那麼大一片地方，有時我都感到這是一種負擔。）

※

在廚房裡，她們找到了煎鍋和煮鍋，燒上水，熱好醬汁，瑪麗幾乎欣喜若狂。她全身洋溢著幸福——她能像吃麵包一樣把它吃下去！和女兒在廚房裡，聊著平凡的瑣事，孩子，安潔莉娜的教師職業——噢，這太美妙了。她打開餐廳的燈，她們吃著義大利麵，談論安潔莉娜的姊姊們。一杯紅酒下肚，瑪麗說：「天啊，你說的那些奈斯利家女孩們的事，我的上帝。」

「噢。」安潔莉娜用餐巾擦了擦嘴，「想聽些八卦嗎？」

「噢，當然。」瑪麗說。

「還記得查理‧麥考利嗎？拜託，你一定得記得他。」

「我記得他。他個子很高，是個好人。後來他去了越南。天啊，真是太慘了。」

「是的，就是他。噢，後來他被發現一直在跟皮奧里亞的一個妓女來往，同時騙妻子，說他是去一個老兵互助小組之類的地方。等等，等等——唔，顯然他給了這個妓女一萬元，他妻子發現後就把他趕了出去。」

「安潔莉娜。」

「是的。她把他趕了出去。猜猜他現在和誰在一起？來吧，媽媽，猜猜看！」

「安琪，我猜不到。」

「帕蒂‧奈斯利！」

「不。」

「是的！好吧，帕蒂不會直截了當地告訴我，但她瘦了，我告訴過你，她之前變胖了，學校裡的孩子都叫她胖子帕蒂嗎？嗯，她對查理確實很好，她看上去棒極了，無論怎樣他們是朋友了，算是吧。你明白了吧。」安潔莉娜朝她母親意味深長地點了點頭，「世事難料。」

「我的上帝，」瑪麗說，「安琪，這個八卦太精彩了，天啊。學校裡的孩子，他們叫她胖子帕蒂？當著她的面？」

「沒有。我覺得她甚至不知道這件事。只有過一次。」安潔莉娜嘆了口氣，把她的盤子推回去，「她人非常好。」

她們吃完之後，瑪麗走過去坐在沙發上。她拍了拍身旁的座位，安潔莉娜也坐了過去，拿著她的酒杯。「聽我說，」瑪麗說，「接下來我要說的你可聽好了。」

安潔莉娜坐直了身子，看著她母親的腳。她感覺自己直到現在才發現，母親的腳踝不再像以前那樣嬌小了。

「你當時十三歲。我到圖書館接你。然後，我吼了你——」瑪麗的聲音突然顫抖起來，安潔莉娜看著她，說：「媽媽——」但她的母親搖著頭說：「不，親愛的，讓我接著說。我只想說，我吼了你，我真的吼了你，我不知道是為了什麼事，但我吼了，你很害怕，我大吼大叫是因為我發現你父親和艾琳的事，但我從沒告訴過你，直到——噢，你知道的，一百萬年之後，但重點是，親愛的，我嚇到你了。我對著你吼叫，你被我嚇到了。」瑪麗的目光越過安潔莉娜向窗戶看去，她的臉動了動。「我非常、非常抱歉。」她說。

過了一會兒，安潔莉娜問：「就是這個嗎？」

瑪麗看著她。「噢，是的，親愛的。這件事讓我難過了很多年。」

「我不記得了。這不重要。」但安潔莉娜覺得她還記得，此時她的內心在哭泣，媽媽，他是頭蠢豬，但那又怎樣，媽媽，求你了，媽媽——求你不要離開，媽媽！過了很久，安潔莉娜說：「媽媽，艾琳的事過去很久了。你離開爸爸是因為這件事嗎？因為你的確花了很長時間才離開。」她能聽見自己語調裡的冷酷。似乎酒精在體內起了作用。她突然感受到了她對母親的冷酷。

瑪麗若有所思地說：「我不知道，親愛的，但我想我本不會離開的。」

「我們從來沒有談過這件事。」安潔莉娜說。

她母親沉默了，安潔莉娜看著她，被母親臉上悲傷的神情刺痛。但她母親說：「那麼，告訴我吧，親愛的。既然你終於來到了這裡。告訴我你的感受。我之前跟你說了，我愛上了保羅。你父親和我很多地方都合不來，但是，親愛的——我戀愛了。現在，跟我說說你的想法。」

安潔莉娜說：「他是個銀行出納員。而且這個地方——」她環顧四周。她又想說「骯髒」，但並不是這樣。這裡就是不——不可愛——這是個奇怪的地方，天花板很高，椅套都破損了。

她母親坐得非常挺。「這個地方很美，」她說，「嘿，我們能看到海。要不是保羅的妻子有錢，我們絕不可能住得起。」

「她有錢？」

「她有，有一些錢。是的。他跟我一樣，出身不好。」

安潔莉娜什麼也沒說。

瑪麗繼續說：「重點在這裡。我和他在一起很舒服。我愛他，我跟他在一起很舒服。你父親的家庭，你很清楚，很有錢，而你父親一直非常成功。坦白說，安潔莉娜，我不在乎錢。事實上，我更喜歡沒錢。只是沒有錢的話，我就見不到你了。」

「你這是落葉歸根了。」安潔莉娜不無諷刺地說，但她覺得這話聽起來很傻。

「我父親在加油站工作。我們一無所有。這個你知道。保羅沒錢，他也沒什麼賺錢的好想法。如果這就是你所說的落葉歸根。」

安潔莉娜盯著自己伸到前面的雙腳，她的腳踝很細。「等等，」她抬頭看著她母親，「所以他和他妻子以前住在這裡？」

「沒錯。她遇到了別人，就走了，把這地方留給他。我們很高興能擁有這裡。」

「我什麼也沒搞懂。」安潔莉娜終於說。

「不，我也沒搞懂。」

瑪麗伸手去拉女兒的手。但瑪麗突然意識到——她以前多麼愚蠢，竟沒有明白這一點——她的女兒永遠不會原諒她離開她的父親。在瑪麗有生之年都不會。瑪麗的一生也沒多長了。但意識到這點很可怕——瑪麗的腦袋裡又響起了那個聲音，她很生氣！求你了。

安潔莉娜說：「媽媽，我不想你死。沒別的。你剝奪了我在你年老時照顧你的機會。如果你死了，在你死的時候，我想和你在一起。媽媽。我希望可以。」

瑪麗看著她，這個女人的嘴邊長出了皺紋。

「媽媽，我想告訴你——」

「我知道你想告訴我什麼。」現在瑪麗得小心了。她必須小心，因為這個孩子氣的女人是她的女兒。她不能告訴她——她愛這個孩子，不亞於她愛過的任何事物——她不害怕死亡，她幾乎準備好了，她還沒有死，但離死不遠，意識到這點是恐怖的——生活已使她疲憊，將她擊垮，她幾乎要死了，她會死的，很可能不久就會死。總是還渴望著再多活幾年，瑪麗在很多人身上看過這種貪念，她並沒有同感——也許她有，但她並沒有。沒有。她覺得累極了，她幾乎準備好了，而她不能告訴她的孩子。想到這一點，她也感到害怕。她想像著——就躺在這間屋子裡，保羅在東奔西跑——她嚇壞了，因為她再也見不到她的女兒們了，再也見不到她的丈夫了，她是指她們的父親，那個丈夫，所有這些人她再也見不到了，這讓她恐懼。她不能告訴她的女兒，彼時她要是知道她對她，對她最親愛的小天使做了什麼，她或許就不會這麼做了。

但這就是生活！亂糟糟的生活！安潔莉娜，我的孩子，求你——

「你甚至沒拿爸爸因為離婚欠你的錢——在伊利諾州，你本可以得到一些錢的。」瑪麗說：「但是，親愛的。」她頓住了，尋找著合適的措詞。最後她說：「當你戀愛時，你就會陷入某種」——瑪麗向上揮著一隻手——「泡泡之類的東西。你會停止思考。但我為什麼要拿他的錢？沒有一分錢是我應得的。」

安潔莉娜想，你是個蠢蛋，媽媽。

瑪麗慢慢搖了搖頭，說：「我是個蠢蛋。」

安潔莉娜說：「好吧，如果你拿了錢，我本可以去看你，這就是一件你本來可以用那筆錢做的事。」

瑪麗說：「我明白了。我現在明白了。」

「你為什麼說你不應該得到錢？你養大了五個女兒，媽媽。」

瑪麗點點頭。「我一直覺得我受你父親和他家人的擺布。就好像我是個被包養的女人。我應該找份工作的。但我為什麼要工作？我不知道你和傑克在理財方面做了什麼，但是我告訴你，安潔莉娜，你一直有在工作是好事。這讓兩個人的關係公平多了。」

安潔莉娜說：「傑克打算回來。」

「傑克走了？我不知道他已經走了。」瑪麗往後退了退，看著她的女兒。

安潔莉娜說：「我不想談這件事，但我也有錯。他會回來的。等我回家之後。」

「他走了？」

「是的。我不想談這個。」

但此刻瑪麗真的很吃驚。她健談的小天使以前什麼事都告訴她，所有哄她睡覺的夜晚，放好的洗澡水——呼，都過去了，過去了！「親愛的，」她過了一會兒說，「雖然這不關我的事，但是不是因為別的女人？」

安潔莉娜突然面無表情地看著她母親。「是的。」很快她又補充道，「是你。」

「你什麼意思？」瑪麗說。

「我是說，別的女人就是你，媽媽。你的離開讓我無法釋懷。我無法停止談論你。傑克說我愛的人是我母親。」

「噢，親愛的。噢，上帝啊。」瑪麗說。

「他離開一年多了，去年夏天我本打算來看你的，但他一直說他可能會回來，於是我就待在家裡，但現在他真的要回來了。」

安潔莉娜由著她母親抓住她，她伏在母親的胸前哭泣。她哭了很久。她不時發出一種可怕的痛苦聲音，讓瑪麗感覺自己遠離了。最後，安潔莉娜抬起頭，擦了擦鼻子，說：「我現在感覺好多了。」

她們一起在沙發上坐了很久，瑪麗的手臂摟著女兒，另一隻手放在安潔莉娜的腿上。接著瑪麗說：「你知道，最初看見你穿這條牛仔褲，我在想你可能有外遇了。」

安潔莉娜坐直身子。「什麼？」她說。

「我不知道對象就是我。」

「媽媽，你在說什麼啊？」

瑪麗說：「噢，親愛的，這條牛仔褲對你這個年紀的女人來說有點緊，我只是想——你知道的，或許——」

安潔莉娜大笑起來，雖然她的臉仍然是濕的。「媽媽，我是特地為這趟旅行買的。我以為義大利的女人愛穿——我以為她們愛穿性感的衣服。」

「噢，這條牛仔褲很性感。」瑪麗說。她一點也不覺得它性感。

「你不喜歡？」安潔莉娜看上去又要哭了。

「親愛的，我喜歡。」

然後安潔莉娜——噢，上帝保佑她的靈魂——真的大笑了起來。「唔，我不喜歡。穿上它我就像個蠢貨。但我特地買了它，這樣你就會認為我，你知道，很老練之類的。」安潔莉娜又說了句：「還有我的連身泳裝！」她們倆笑得都流出眼淚了，但還是笑個不停。瑪麗想著：沒有一件事是永恆的，不過，願安潔莉娜在她的餘生都能擁有這一刻。

※

瑪麗說她要到外面去，坐在教堂邊的庭院裡，享受晚間的抽菸時光。事實上，瑪麗自從搬到這裡就再沒抽過菸了。她告訴店家裡的那個男人，菸是替她女兒買的。

「好的，媽媽。」安潔莉娜說，她母親走過去拿上了她的黃色皮夾。幾分鐘後，安潔莉娜從窗戶望出去，看見她母親坐在一張長椅上，俯瞰著小鎮，還有大海。她坐在一盞路燈下，安潔莉娜勉強能看見她戴著耳機，頭上下輕輕擺動著，嘴上叼著一支香菸。隨後，安潔莉娜看見一個女人走向她母親，她意識到那一定是瓦萊里婭。母親見到她真高興啊！瑪麗站起身，和這個小個子女人互吻臉頰，然後吻另一邊臉頰，接著安潔莉娜看見她母親在打著手勢。某一刻，她拿香菸對著她的朋友，她們都笑了起來。隨後這個小個子女人探著身子，她們又互吻了雙頰，等小個子女人走開後，母親又坐下。她坐在長椅上，又深深抽了兩口菸，然後把菸在地上踩滅，但又拾起菸蒂，小心翼翼地放進一個從黃色大皮夾裡拿出來的小塑膠袋。

安潔莉娜情不自禁地盯著她，母親一動也不動地坐著，眺望著海水。隨後她看見母親突然起身，走到了街上。一個老人正在過馬路，他晃晃悠悠地走著——似乎不是因為喝醉了，而是由於年老體衰。安潔莉娜吃驚的是，母親如此迅速地朝他走過去。在街燈的光亮下，安潔莉娜看見了那個老人的臉，不僅是他對母親微笑的樣子，還有他表情中的人情味，他那感激中的溫暖與深沉。就在母親扶著他過馬路的時候，安潔莉娜也短暫地瞥見了母親在燈光下的臉。或許是燈光角度的緣故，母親的臉有那麼一刻籠上了一層光輝——在安潔莉娜看見她牽起男人的手，看見她幫助這個男人過馬路的時候。他們走到對街時，似乎簡短地交談了幾句，隨後男人沿著人行道走去，她母親對他揮了揮手。安潔莉娜想，她這會兒要回到樓上來了。

但母親又一次坐到了長椅上。她再次戴上耳機，頭開始跟著從手機裡聽到的聲音上下搖擺，那一定是貓王的歌。她面朝大海，似乎正凝視著那些亮著燈的小船。

母親給安潔莉娜讀過所有關於草原上那個小女孩的書，電視上播出相關的節目時，她會和安潔莉娜一起看，她倆會依偎在沙發上。母親對安潔莉娜講述過他們曾經怎樣屠殺印第安人，搶占他們的土地。她父親曾說他們活該如此，她的母親則告訴她，他們並不是活該如此，但事情就是這樣發生了。人們總是不停向前，她母親曾說，這就是美國人。到西部去，到南方去，高攀，下嫁，離婚——但總在前行。

母親在她出生時就認出了她——

「好的，媽媽。」安潔莉娜悄聲說。她離開窗邊，走進臥室去拿她的電腦，但她卻坐到了床上，環顧四周，她母親和一個叫保羅的男人睡在一起的這張床。

曾經有十八年的時間，她母親一直哄她睡覺。先別走，安潔莉娜會說，還沒到時候！她的父親會在門口說，晚安，莉娜，去睡吧。此時安潔莉娜透過窗戶凝視著大海，天黑了，船上的燈都亮了。她聽見母親走上樓梯。而她知道，安潔莉娜知道，當母親幫助那個蹣跚的人過馬路，她看見了某種重要的東西。短暫地——那只是暫時的，安潔莉娜知道，她知道自己會一直是個孩子——一塊天花板短暫地被抬了起來，她回想著母親對街上那個男人及時而親切的善意：在義大利的海邊，一個村莊裡的一條街上，她的母親，一個拓荒者。

妹妹

彼特・巴頓知道妹妹露西・巴頓要來芝加哥宣傳她的平裝書，他在網路上關注了她。最近幾個月他才給家裡裝了無線網路，他還給自己買了臺小型筆記型電腦，他最喜歡看露西的最新動態。他對她能夠保持本色感到肅然起敬：她離開了這間小屋子，這個小鎮，離開了他們忍受過的貧窮——她離開了這一切，搬到了紐約城，在他眼裡她是個名人了。當他在電腦上看到她，她在座無虛席的禮堂裡發表演講，這讓他暗自激動。他的妹妹——

他已經有十七年沒見過她了。自從他們的父親去世，她就再也沒有回來過，雖然後來她去過幾次芝加哥——她告訴過他。但她在大多數週日的晚上都會給他打電話，他們交談時，他會忘了她是個名人，就只是和她說著話，同時也聽她說著。幾年前她有了新的丈夫，他聽說過這件事，她有時會聊起她的女兒們，但他並不怎麼關心她們——他不知道為什麼。她卻似乎很理解，只是簡單說上幾句。

星期天晚上他的電話響了——在他得知她要來芝加哥的幾個星期之後——露西對他說：「彼特，我要去芝加哥了，我會在那個週六租一輛車，開到阿姆加什去見你。」他大吃一驚。「太好了！」他說。剛掛斷電話，他就害怕了。

他有兩週時間。

那段時間裡，他越發害怕，他在中間那個週日和她通話時說：「真的很高興你能來看我。」他想，她也許會找個藉口，說她去不成了。但她卻說：「噢，我也是。」

於是他開始動手打掃房子。他買了些清潔用品，放進一桶熱水裡，他看著浮起的泡沫，然後四肢著地，趴著擦洗地板，上面的汙垢讓他震驚。他擦洗了廚房的櫃檯，也被那裡的髒汙嚇到了。他把掛在百葉窗前的窗簾取下，用那臺舊洗衣機洗了。他一直以為是藍灰色的窗簾，原來是灰白色的。他又洗了一遍，上頭的灰白變得更加明亮了。他擦拭窗戶，注意到外邊也有汙漬，於是他走到屋外，從那邊又把窗戶擦了一遍。在八月末的陽光下，他擦完窗戶，上頭仍像是留有紋狀的漩渦。他覺得自己還是該把百葉窗放下，反正他通常都這麼做。

但當他踏進這扇門——進入房子的唯一一扇門，正對著狹小的客廳，右邊是廚房——他看到了從她的視角會看到的東西，他想：她會死的，這地方會讓她抑鬱而死。他真的不知道該怎麼辦。他開車到小鎮外的沃爾瑪買了塊地毯，屋裡有了很大的變化。不過，沙發仍然很笨重，原本的黃色印花椅套已十分老舊，有些地方還磨破了。廚房的餐桌上鋪著一塊漆布，沒辦法讓它顯得更新一點了。整間屋子裡沒有一條桌巾，他猶豫著要不要買一條。他放棄了。但在她來的前一天，他去鎮上理了頭髮。通常他都是自己剪。在開車回家的路上他才想到：他是不是應該給理髮師小費？

那天夜裡三點鐘，他醒來了，他做了噩夢，但不記得夢的內容。到了四點，他又醒了，之後再也睡不著。她說過她下午兩點會到。一點鐘時，他打開百葉窗，但即使天空陰雲密布，窗玻璃上仍顯現出一道道的痕跡，於是他又關上了百葉窗。他坐在沙發上等著。

※

兩點二十，彼特聽見一輛車開上碎石車道。他從百葉窗向外窺視，看見一個女人從一輛白色的車上下來。他聽見敲門聲時，緊張到覺得視力都受到了影響。他本來期待——他後來意識到了這點——陽光會灑滿屋子，意味著露西的到來將光芒四射。但她比他記憶中要矮，也瘦得多。她穿著一件像是男人會穿的黑色夾克，黑色的牛仔褲，黑色的靴子，一臉倦容。而且老了！但她的眼睛閃閃發光。「彼第[10]。」她說。他說：「露西。」

她伸出雙臂，他試探性地擁抱了她。他們一家人從不互相擁抱，做出這個動作對他來說並不容易。她的頭頂碰到了他的下巴。他退後一步，說：「我理髮了。」一邊把手伸到頭上。

「你看起來棒極了。」露西說。

這時他幾乎希望她沒有來。這太累人了。

「我找不到路，」露西說，一臉認真的驚訝，「我是說，我一定開過頭五次，我一直在想，在哪呢？終於——上帝啊，我真蠢——我終於發現那個標誌牌被拆掉了，你知道的，那個寫著『裁縫改衣』的牌子。」

「噢，是的。我一年多前把它拆了。」彼特補充說，「我覺得是時候了。」

「噢，當然，彼第。是我老糊塗了，才會一直等著看到它——而且我——嘿，彼第。我的上帝啊，嘿。」她直視著他的眼睛，他看見那是她。他看見了他的妹妹。

「我為你打掃過了。」他說。

「嗯，謝謝你。」

噢，他很緊張。

「彼第，聽我說。」她走到沙發邊坐下，帶著一種讓他驚訝的熟悉，彷彿多年來她一直坐著那張沙發。他緩緩坐到角落裡的舊扶手椅上，看著她脫掉她的黑靴子，它們看上去更像是鞋子。「聽我說，」露西說，「我看見艾貝爾・布萊恩了。他來過我的朗讀會。」

「你見到艾貝爾了？」艾貝爾・布萊恩是他們的一個遠房表兄弟，他們還是孩子的時候，他和他的妹妹多蒂曾經和他們一起待了幾個夏天。艾貝爾和多蒂一直和他們一樣窮。「他怎麼樣？」彼特很多年都沒想起過艾貝爾了。「喔，露西，你見到艾貝爾了。他住在哪裡？」

「我告訴你，等等。」露西把腳放到身下，俯下身把她像鞋子的黑色靴子推到一邊。彼特從來沒見過這種東西。鞋背上有一排小拉鍊。「好了。」露西理了理她的黑色夾克，說：「是這樣的，我坐在那裡簽書，這個男人——這個留著好看灰白頭髮的高個男人——非常耐心地站著，我注意到了，只有他自己，等他終於走到我身邊時，他說『嗨，露西』，他的聲音很耳熟，你相信嗎，彼特？過了這麼多年，他聽起來還是像艾貝爾。然後我說『等等』，

10 彼特的暱稱。

他說『是我，艾貝爾』，然後我就跳了起來，彼特，我們擁抱了。噢，上帝啊，我們擁抱了。艾貝爾．布萊恩！」

彼特感到很激動，她的興奮感染了他。

露西說：「他就住在芝加哥城外，一個豪華社區裡。他經營一家空調公司很多年了。我說：『你的妻子來了嗎？』他說，沒有，很抱歉她來不了，她有個輔助會議什麼的要去。」

「我打賭她只是不想去。」彼特說。

「沒錯。」露西使勁點頭，「你說得太對了，彼第，你怎麼知道？我是說，在我看來這有點太明顯了，他似乎在撒謊，而我不認為艾貝爾真的會撒謊。」

「他娶了個勢利小人。」彼特往後坐了坐，「媽媽幾年前就是這麼說的。」

「媽媽也告訴我了。我還在住院的時候，她來看我了。」露西把她的黑色夾克拉上，「她說艾貝爾娶了老闆的女兒，說她是個裝腔作勢的人。他穿得很光鮮亮麗，你知道，一套昂貴的西裝。」

「你怎麼知道很貴？」彼特問。

「唔，好吧。」露西意味深長地點點頭，「彼第，我花了很多年才弄清楚什麼樣的衣服很貴，但是——嗯，你過陣子就能看出來了，我是說，那套西裝他穿著合身極了，而且布料很漂亮。但他看到我太高興了，彼第，噢，簡直高興死了。」

「多蒂怎麼樣？」彼特把手肘撐在膝蓋上，飛快地向周圍掃了一眼，才發現牆上沒有畫。他很少坐在他現在坐著的椅子上，所以他一定從未注意過。他總是坐在露西坐的位子上，面朝著門。牆就立在那裡，灰白色，平淡無奇。

「他說多蒂很好。她在皮奧里亞外的傑尼斯堡有一家提供住宿和早餐的旅館。沒有孩子。但艾貝爾有三個孩子。還有兩個小孫子。他似乎很」——露西輕輕拍了拍膝蓋——「很為那幾個孫子感到高興。」

「噢，露西，那真好。」

「非常好。簡直太棒了。」露西用手指梳著頭髮，有一些——靠前面的部分——跑到了下巴那裡，是淡棕色的。「噢，猜猜我在休士頓見到誰了？我正在書上簽名，這個女人——我本來不會認出她來——但那是卡蘿・達爾。」

「噢，對。」彼特往後靠了靠。光禿禿的牆壁在角落裡顯得更陰暗了。「是的，達爾家的女孩。她搬走了。她現在住在休士頓？」

「卡蘿和我同班，彼第，她很刻薄，噢，那個女孩對我太刻薄了。」

「露西，所有人都對我們很刻薄。」出於某種原因，這句話讓他們對視了一眼，接著他們很快——幾乎是——大笑起來。

「是的，」露西說，「噢，好吧。」

「她在休士頓對你很刻薄嗎？」

「沒有。這就是我要說的。她自我介紹的時候，其實很害羞。害羞！於是我說，噢，卡蘿，見到你真高興。她等著我在她的書上簽名——我能給她簽什麼？所以我只寫了『最好的祝福』，然後把書給她，她朝我彎下身來，輕聲說：『我真的為你感到驕傲，露西。』我說：『噢，謝謝你，卡蘿。』我不知道，彼第，我想她是成年人了，很可能感覺有點難堪。我是說，這就是我當時的印象。」

「她結婚了嗎？」彼特問。

露西舉起一根手指。「我不知道，」她慢吞吞地說，「她身邊沒有男人，但也許家裡有一個。」露西看向她的哥哥。「不知道。」她聳了聳肩。隨後她拍了拍身邊那張笨重的沙發，說：「彼第，把一切都告訴我，拜託告訴我，你過得怎麼樣！我才進屋兩分鐘，就一直在絮絮叨叨地講我自己的事。」

「沒關係。我喜歡聽。」他確實喜歡。噢，他真高興。

「彼第，你為什麼不養隻狗呢？你一直很喜歡動物。」露西環顧四周，彷彿真的是第一次打量這裡，「你養過狗嗎？」

「沒有。我考慮過，但我去上班時牠得獨自待上一整天，那太讓我難受了。」

「養兩隻，」露西說，「養三隻。」然後露西又說：「彼特，跟我說說你在電話裡提到的事。你在一間慈善廚房工作？再多說一點吧。」

「是的，好吧，」彼特說，「你還記得湯米・格普蒂爾嗎？」

露西坐直身子，把腳放到地板上。彼特注意到她穿了不同顏色的襪子，一隻棕色，一隻藍色。她說：「學校的看門人。他真是個好人。」

彼特點點頭。「嗯，我們現在算是朋友了，我和他還有他妻子，每週會去卡萊爾的慈善廚房工作一天。」

露西讚賞地搖了搖頭。「這差事對你來說太棒了。彼第，我真為你感到驕傲。」

「為什麼？」他真的想不出原因。

「因為不是所有人都能在慈善廚房工作，你能去就讓我很驕傲。卡萊爾的慈善廚房開多久了？」露西從牛仔褲的褲腿上捻起了什麼，彈到空中。

「幾年了。我不知道，但我去那裡有幾個月了。」彼特說。

「湯米還好嗎？他一定老了。」露西看著彼特。

「他老了，」彼特說，「但他依然精力充沛，他的妻子也是。他們有時會問起你，露西。我打賭他們一定很想見你。」他驚訝地發現她的臉色變了，她拉下臉來。

「不，」她說，「但你告訴他們，我向他們問好。」接著露西說：「聽著，只是讓你知道，我打了電話給薇姬，說我要來這裡，但她說她今天很忙。沒關係，我懂的。」

彼特說：「她也跟我說了，我有點生她的氣，露西。我是說，她是你姊姊。」他心不在焉地用手指在身邊的牆上抹了一下，一道深色的灰塵落了下來。

「噢，彼第，」露西說，「從她的角度想想吧。我離開了，再也沒有回來過，再加上她找我要錢——你知道這事嗎？嗯，她找我要錢，我總是給她，她在那家療養院賺不了幾個錢。而且你知道，她丈夫失業了，她一定覺得，我是說，不管她怎麼想了。你見過她嗎？她幸福嗎？呃，我知道她並不幸福，但我是說——她還好嗎？」

「她還好。」彼特把灰塵抹到牛仔褲上。

「好吧。」露西直視著前方，似乎在努力思索什麼事。過了會兒她搖搖頭，又看著彼特。「非常高興見到你。」她說。

「露西，我得問你件事。」

「什麼事？」

他覺得他看見她的臉上掠過了一絲警覺。他說：「我應該給為我理髮的傢伙小費嗎？我一直都是自己剪的。但我去了卡萊爾的那家理髮店，那個傢伙給我理了髮，把那件小圍裙一樣的東西從我身上解下，然後我付了錢，之後我就一直在擔心這個。我應該給他小費嗎？」

「他是老闆嗎？」露西又把腳塞到她的身下。

「我不知道。」

「因為如果那人是老闆，你就不用給小費，但如果他不是，你就應該給。」露西輕蔑地揮了揮手，「別擔心了。你要是再去的話，就給他一點小費，但別再擔心了。」

他就是愛她這點，她對世界的了解和對他的了解。她似乎並不因為他這個問題感到尷尬。噢，他真的很高興！或許這就是為什麼他沒有聽見汽車駛上車道的聲音。他只聽見了重重的敲門聲，他和露西都跳了起來。他看見了她的恐懼。她坐直身子，神情變得嚴肅起來。

他自己也感到恐懼。他把手指放在嘴唇上，俯下身——非常、非常小心地——拉起極小一部分百葉窗。「噢，」他說，「噢，是薇姬。」

※

雲朵飄走了，陽光此時直射下來。玉米地向遠方延伸。彼特站在敞開的門口，他突然意識到薇姬很胖。他之前未曾意識到自己清楚這一點，但此時看見她站在門口，他發現她真的很胖。他現在才看出這點，部分原因是露西實在是太瘦小了。薇姬穿著一件花襯衫和一條海軍藍褲子——她的大肚子上一定有一圈鬆緊帶——她拿著一個紅色皮夾，眼鏡從鼻子上滑下去了一點。他們點頭致意，然後她從他身邊走過。彼特又站了一會兒，凝視著外面的玉米地。在他腦中殘存的畫面裡，薇姬的臉看上去有些不一樣。當他轉身回到屋裡，露西正站著，但她又坐了下去，彼特覺得她是想給薇姬一個擁抱，但薇姬一點也不想。他能從薇姬的表情裡看出來。

「那是什麼？」薇姬說，指著那塊地毯。

「噢，是塊地毯，」彼特說，「我前幾天買的。」

「看起來挺不錯吧？」露西問。

薇姬繞著地毯走了一圈，站在露西前面。「噢，你來了，」她說，「那你為什麼不告訴我——在這個廣闊的世界裡，是什麼把你帶回了阿姆加什？」

露西點點頭，似乎聽懂了這個問題。「我們老了，」露西說，抬頭看著她姊姊，「而且還在繼續變老。」

薇姬把她的皮夾扔在地板上，在沙發上坐下，盡可能遠離露西。但薇姬塊頭太大，她沒法離得那麼遠，沙發不是很大。薇姬坐著，她幾乎全白的頭髮剪得很短，周圍有一圈劉海，就像是頂著一只碗剪出來的。她試著蹺起二郎腿，但她個頭太大了，只好坐在沙發的盡頭，彼特覺得她看上去就像他去卡萊爾理髮時，看到的一個坐輪椅的人。一個年長的女人，身材魁梧，坐在一臺電動輪椅上到處閒晃。

隨後他看見了：薇姬塗了口紅。

她的整張嘴，線條突出的上唇和豐潤的下唇，塗上了一層橘紅色的唇膏。彼特不記得以前見過薇姬塗口紅。彼特看看露西，發現她沒有塗口紅，他感到渾身在微微顫抖，彷彿他的靈魂患了牙痛。

「所以是說，我們很快就要死了，你覺得應該來道個別？」薇姬問道，直視著她的妹妹，「順帶說一句，你穿得就像要去參加葬禮。」

露西交叉著雙腿，雙手攤開放在膝蓋上。「我不會這麼說的。我是指『我們很快就要死了』這種話。」

「那你會怎麼說？」薇姬問。

露西的臉似乎有些泛紅。她說：「就像我剛才說的那樣。我們老了。而且我們還在變老。」她微微點頭，「我想見你們。」

「你惹上麻煩了嗎？」薇姬問。

「沒有。」露西說。

「你病了嗎？」

「沒有。」露西又補了一句，「據我所知沒有。」

隨後是一段長時間的沉默。在彼特的腦中，沉默變得非常漫長。他已經習慣了沉默，但這並不是那種氣氛好的沉默。他走回角落的扶手椅那裡，緩緩地、小心翼翼地坐下。

「你怎麼樣，薇姬？」露西問道，看著她的姊姊。

「我很好。你怎麼樣？」

「噢上帝啊，」露西說，她把手肘放在膝蓋上，有一小會兒用手捂住了臉，「薇姬，求求你——」

薇姬說：「『薇姬，求求你？』『薇姬，求求你？』露西，你離開了這裡，自從爸爸死後，你一次也沒回來過。你卻跟我說，『薇姬，求求你』——就好像我才是那個做錯事的人。」

彼特又用手指在牆上抹了一下，他的手指又沾上了一道灰塵。他又這麼做了兩次，然後攤開雙手放到膝蓋上。

露西抬起頭說：「我一直都很忙。」

「忙？誰不忙呢？」薇姬把眼鏡推上鼻梁。很快她又說：「嘿，露西，那就是所謂的真話嗎？我不是剛在電腦上看見你發表了一場關於真話的演講嗎？『作家應當只寫真實的東西。』你說的就是這類廢話。而你坐在那裡跟我說：『我一直都很忙。』好吧。我不相信你。你不來這裡，是因為你不想來。」

彼特驚訝地看到露西的表情放鬆了。她對姊姊點點頭。「你說對了。」她說。

但薇姬還沒說完。她向前探著身子說：「你知道我今天為什麼來這裡嗎？為了告訴你——我知道你給我錢，而你再也不用給我一毛錢了，我一毛錢也不會跟你要的。我今天過來見你，是要告訴你：你讓我噁心。」她靠坐回沙發，朝她妹妹指著。她手腕上戴著一只錶，細細的錶帶似乎陷進了她的肉裡。「真的，露西。每次我在網路上看到你，每次我看到你，你都演得好極了，而這讓我噁心。」

彼特看著地毯。地毯彷彿在對他大喊，你買了我，真是個蠢貨。

過了很久，露西輕輕地說：「噢，這也讓我噁心。不管你看了什麼，我真正想說的是——而且你為什麼要關注我？——有時候，我真正想說的就只是：操你的。」

彼特抬起頭。他說：「哇噢，你想對誰說？」

「噢，」露西說，用一隻手撥弄著頭髮，「通常是某個站起來說她不喜歡我作品的女人。或者某個想打聽我私生活的記者。」

彼特問：「真有人會站起來說他們不喜歡你的作品？」

「有時候。」

彼特把椅子稍稍向前挪了挪。「那他們幹麼不待在家裡？」

「噢，這正是我想說的。」露西攤開手，動作很小地揮了揮，「去他們的。」

「可憐的露西。」薇姬說，她的聲音帶著嘲諷。

「是啊，可憐的我。」露西說，往後靠坐著。

「媽媽的最愛。」薇姬說。露西說：「什麼？」

「我說你是她最喜愛的孩子，乖乖，你可是賺大了。」

露西看著彼特，然後說道：「她最喜歡的是我？」她的驚訝讓彼特吃驚。「是我嗎？」她問，他聳聳肩。露西說：「我都不知道她有最喜歡的孩子。」

「那是因為你對發生在這座房子裡的事一無所知，露西。你每天放學後都留在學校，她就由著你。」薇姬看著她的妹妹，她的下巴在發抖。

「我知道這間房子裡的很多事。」露西的聲音變得冷冷的，「而且她並沒有由著我，我就是要那樣。」

「她由著你，露西。因為她覺得你很聰明。而且她覺得她自己也很聰明。」薇姬猛拉著衣服的下襬。彼特看見她的褲子上方露出了一圈肉，幾乎是青色的。

彼特說：「嘿，薇姬。露西遇到艾貝爾了。露西，跟薇姬說說你遇見艾貝爾的事。」

但當露西說「我見到艾貝爾了」，薇姬只是聳聳肩說：「我受不了他妹，多蒂。媽媽老是給她做新衣服。」

「噢，多蒂很窮。」露西說。

「露西，我們才窮。」薇姬身子前傾，好像要把她的臉擱到露西的面前。

「我知道。」露西說。她突然站起來走向前窗。她輕輕拉了一下百葉窗的繩子，百葉窗打開了。陽光灑進房間。她走向另一扇窗，也打開了百葉窗。接著彼特看見地板上的灰塵都被刷進了角落裡，在陽光下看得清清楚楚。

「你平時有在吃東西嗎？」薇姬問露西，露西搖搖頭，又坐回到沙發上。

「吃得不多，」露西說，「我沒胃口。」

「我也是，」彼特說，「我只知道什麼時候得吃飯了，因為我的腦子會開始感覺不對勁。」突如其來的陽光──帶著初秋的金黃──讓彼特吃不消，他真想關上百葉窗。就像發癢一樣，他必須努力克制自己才不會去撓。

「真奇怪，」薇姬說，她的聲音裡沒有了敵意，「這很奇怪，不是嗎？你們倆這麼瘦，而我一直吃個不停。我不記得你們有被迫從馬桶裡撈吃的，但也許你們吃過。誰知道呢？」

薇姬深吸了一口氣，她的臉頰鼓了起來，接著又長長地嘆了口氣。

彼特暗自想：別這麼做。他的意思是，別起身去關百葉窗。

過了一會兒，露西說：「你剛剛說什麼？」

薇姬說：「噢，有次我們吃肉。」薇姬狠狠撓著她的脖子。「吃的是肝臟。上帝啊，我恨死那味道。媽媽認為我們應該吃些——我不知道——紅血球之類的東西，她從別人那裡弄來一大塊肝臟，太可怕了，我嘴裡塞了好多塊，跑去吐到馬桶裡，但那個愚蠢透頂的馬桶沖不了水，他們發現了那些漂在裡頭的碎肝臟——」

「別說了，」露西說，舉起手，掌心朝外，「我們明白了。」

薇姬似乎被激怒了。「噢，露西，你和彼特每次把食物扔掉，都得再從垃圾堆裡翻出來、吃下去，我還記得就在那裡，」——她手指朝著廚房的區域，用力戳了兩下——「你們得跪著，揀出那些你們扔掉的食物，就直接從垃圾堆裡拿出來吃，你們會哭——好了，好了。聽著，我只是要說，我能理解為什麼你們不想吃東西。只不過我不明白為什麼我這麼愛吃。」

露西伸手揉了揉她姊姊的膝蓋。但在彼特看來，這個動作像是義務性的，彷彿薇姬是個孩子，剛說了些令人尷尬的話，而作為大人的露西要假裝什麼也沒發生。

「你的工作怎麼樣？」露西問薇姬。

「就是個工作。爛透了。」

「呃，聽你這麼說，我很遺憾。」露西說。

彼特瞥了一眼牆上灰塵掉落的地方，那裡有一團髒汙。

「我敢肯定，這又是一句真心話。」薇姬抬起身子，差不多坐了起來。「但你知道嗎？

前幾天那裡發生了一件有趣的事。那個名叫安娜－瑪麗的老婦人，她從我幾年前剛去那裡的時候就坐輪椅了，這麼多年她一句話也沒說過，人們說，噢，安娜－瑪麗說不了話了，而她就坐著輪椅到處溜達，撞上各種人。前幾天我站在護理站，突然感覺手被人握住。我低頭一看，安娜－瑪麗坐在輪椅上，滿臉燦爛的微笑，對我說：『嗨，薇姬。』」

聽到這些，彼特感到很高興。他感覺快樂像一股暖流，流遍了全身。

露西說：「薇姬，這個故事很棒。」

「很美好，」薇姬承認，「我可以告訴你，那裡從來沒有發生過美好的事。」

彼特突然想起來了什麼。「薇姬，」他說，「告訴露西莉拉的事。她要去上大學了。」

「噢。」薇姬又抓了抓她的脖子，那裡被撓出了一道紅印子。然後她仔細地看著她的手指。「是的。我的寶貝女兒明年可能要去上大學了。」她抬頭看著露西，「她成績不錯，她的輔導老師說，她可以讓她進大學而不用操心學費的事。就像你一樣，露西。」

「你說真的嗎？」露西往前坐了坐，「薇姬，這太令人激動了。」

「我想是的。」薇姬說。她用手指推起下唇，咬在嘴裡。

「但確實是。」露西說。

薇姬把手從嘴上拿開，在褲子上擦了擦。「的確。之後她就會像你一樣離開。」

彼特看見露西的臉色變了，像是被摑了一巴掌。隨後露西說：「不，她不會的。」

「為什麼不會？」薇姬試著在沙發上重新坐好。露西沒有回答，於是薇姬用一種稍顯做作的聲音說：「因為她有個不一樣的媽媽，薇姬。所以她不會。謝謝你，露西。」

露西短暫地閉上了眼睛。

「你知道她的輔導老師是誰嗎？」薇姬轉頭看著彼特，「帕蒂・奈斯利。奈斯利家的漂亮女孩，最小的那一個，還記得她們嗎？」

露西說：「幫莉拉進大學的人就是她嗎？」

「對。『胖子帕蒂』，孩子們這麼叫她。可能是以前的事了，她瘦了一點。」薇姬說。

「他們管帕蒂・奈斯利叫『胖子帕蒂』？」露西朝薇姬皺眉。

「噢是的，沒錯。你知道，他們還是孩子。」薇姬停了一下，然後說，「工作的地方有人叫我『討厭鬼薇姬』。」

「不，他們沒有。」露西說。

「是的，他們有。」

彼特說：「你從來沒有告訴過我，薇姬。好吧，他們都老了，腦子已經糊塗了。」

「不是病人，是其他在那裡工作的人。我聽這個女人說過，兩天前她說，討厭鬼薇姬來了。」薇姬摘下眼鏡，眼淚從她的臉上滾落下來。

「噢，親愛的。」露西說。她靠近姊姊，揉搓著她的膝蓋。「噢，那人真噁心。你不討厭，薇姬，你——」

「我很討人厭，露西。看看我吧。」眼淚不停地從薇姬眼中湧出，帶著口紅流過她的嘴唇。

「你知道嗎？」露西說。她不再揉搓薇姬的膝蓋，而是開始輕輕拍打它。「哭吧。親愛的，大哭一場吧，沒事的。我的上帝，你還記得我們從來不哭嗎？」

彼特往前探著身子，他說：「露西說得對。你哭出來吧。這次沒人會把你的衣服剪了。」

薇姬望著他。「你說什麼？」她用手擦了擦鼻子。露西從外套口袋裡拿出一張衛生紙，遞給薇姬。

彼特說：「我說，沒人會把你的衣服剪了。再也不會了。」

薇姬說：「你在說什麼啊？」

彼特說：「你不記得嗎？有天你就在這裡哭，媽媽回到家，就把你的衣服剪了。」

「她有嗎？」露西說。

「她有嗎？」薇姬正把衛生紙拍在臉上，她用它輕輕地拍著嘴唇。「噢，等等。噢，我的上帝，她有。我忘了那件事。」薇姬看著露西，又看向彼特。她沒戴眼鏡的臉顯得年輕了一些，還有點傲慢。「她為什麼那麼做？」薇姬不解地問。

「等等，」露西說，「媽媽把你的衣服剪了？」

「是的。」薇姬緩緩點頭。「我一直在哭，我不記得為什麼了。和在學校發生的什麼事有關，我就那麼哭個不停——你說得對，露西，他們就是討厭我們哭，但他們不在家，我就坐在這裡哭，而你，彼特，你在這裡——我哭得太凶了，沒聽見她進來。噢，我現在想起來了。」薇姬揮著手中的衛生紙，上面沾染了唇膏的紅點。「她從那扇門進來，說：『別吵，薇姬。』但你知道，我停不下來。然後她說：『我說了，不要再吵了。』接著她去縫紉間拿了剪刀，走進我們的房間——我只記得聽見衣架在移動，然後是你，彼特」——薇姬又用衛生紙擦了擦臉，稍稍轉向彼特的方向——「你明白了她正在做什麼，你走過去站在房門口，然後我起身站在你身後，我尖叫著，媽媽，不要，噢，不要，媽媽！她不停地剪著我的衣服，把碎片扔到地板和床上。然後她就走出房間，上樓去了。」薇姬坐著，眼睛盯著地板。「噢，我的上帝，」薇姬說，「她恨我——非常恨。」

「但她是縫衣服的呀，」露西說，「她到底為什麼要剪你的衣服？」

「噢，第二天她又把它們縫在一起了。用她的機器。」薇姬無精打采地舉起一隻手。「她只是把碎片拼在一起縫好，所以我看上去就像，我不知道，我看上去更像一個白痴了。」薇姬說著，凝視著前方。

過了好陣子，彼特仍坐在椅子上，前傾著身子說：「聽著，你們倆，最近我一直在想她，我是這麼認為的：我覺得她這個人就不正常。」

許久，他的妹妹們什麼也沒說。隨後露西說：「好吧，有可能。而且她還要應付爸爸。」露西補充說：「不過她很堅強。」

「什麼意思？」薇姬問。

「她有勇氣。她挺住了。」

「她能怎麼辦？她哪也去不了。」薇姬看著她衣服的下襬，又試圖把它往下拉。

「她本可以離開我們。她可以靠縫紉手藝賺錢。只為她自己賺。但她沒有。」露西說，然後閉上了嘴唇。

「你知道我最恨什麼嗎？」薇姬瞥了一眼露西和彼特，幾乎是心平氣和地說：「做愛的聲音。只要爸爸沒有到處轉悠撞到他的雞巴，他們就會在那上面搞——」她指著天花板。「那聲音讓我噁心，床晃個不停，還有他發出的聲音。我從來沒聽過哪個男人在做愛時發出他那種聲音。」她擤了擤鼻子，「乖乖，受了那麼多年的罪，嘗試下正常的性生活吧。」

彼特說：「我從來就沒有。我是說，沒有試過。」他的臉很快變得滾燙，噢，他很尷尬。但薇姬對他報以微笑，於是他又說：「不過我明白你的意思。我的臥室正好挨著他們的，天啊——」他飛快地搖了搖頭，更像是在發抖，「就好像我跟他們一起在裡面一樣。」

薇姬說：「等等。你知道嗎？聲音都是他發出來的。她從來都一聲不吭。」

彼特以前從來沒想過這個。「嘿，你說得對，」他說，「你說得對。她從來沒有發出過任何聲音。」

「噢上帝啊，」薇姬說，她嘆了口氣，「噢，可憐的——」

「別說了，」露西說，「我們別說這個了。這沒有任何好處。」

「但這是真的，」薇姬說，「這全都是真的。我們還能和誰談論這事呢？露西，你為什麼不寫一個關於一個母親剪了她女兒衣服的故事？你不是想寫真話嗎？我是認真的。寫一個吧。」

露西正把鞋子穿上。「我不想寫這個故事。」她的聲音聽起來很生氣。

彼特說：「誰會想讀這個故事呢？」

「我會。」薇姬說。

「我還是很喜歡讀有關草原上那家人的書，」彼特說，「還記得那套書嗎？就在樓上。」

「我寫不了，」露西說，「我寫不了。」

「那就別寫了，」薇姬說，聳了聳肩，「我只是說說——噢，我的上帝，我現在想起來了——」

露西站了起來。「別說了。」她說。她的臉頰上方有兩個紅色的斑點。「別說了。」她重複道。「不要再說了。」她看看薇姬，又看看彼特。她說——她的聲音響亮而發顫——「沒那麼糟。」她的嗓門提高了，「不，我是認真的。」

房間裡一片寂靜。

過了一會兒，薇姬平靜地說：「事情就是那麼糟，露西。」

露西看著天花板，隨後她開始甩動雙手，就像她剛洗完手但沒有毛巾擦似的。「我受不了了，」她說，「噢，上帝啊，幫幫我吧。我受不了了，我受不了了，我不——」

然後彼特明白了，她受不了這棟房子，或者受不了待在阿姆加什，她陷入了恐懼之中，就像他害怕理髮一樣，只不過露西的恐懼比他強烈得多。

「好吧，露西，」他說，他站起來走向她，「現在放鬆點。」

「好，」露西說，「好。不。我不知道該怎麼辦。我不知道——」她似乎在喘氣。「你們，」她說，看看一個，又看看另一個，她使勁眨著眼，「我不知道該怎麼辦。幫幫我，噢，上帝——」她不停地甩著手，幅度愈來愈大。

「露西，」薇姬說，她從沙發上起身，走向她的妹妹，「你現在要控制住自己——」

「我不行，」露西說，「我做不到。我就是做不到——噢，幫幫我。」她又坐回到沙發上。「看，我就是不知道——噢，上帝——」她抬頭看著她哥哥。「噢，親愛的上帝，請幫幫我。」她又站起來，瘋狂地甩著手。「我不知道該怎麼辦，我不知道該怎麼辦——」

薇姬和彼特面面相覷。

「我的恐慌症發作了，」露西對他們說，「我很久沒有發作了，但這次很嚴重。噢，上帝，噢，親愛的上帝。噢，耶穌，噢，上帝——好吧，現在聽我說，你們倆，聽我說。彼特，你能開我的車嗎？然後，薇姬，我和你坐一輛車？你能不能，求你了，噢，你可以嗎？我必須——我必須——」

「開車送你去哪呢？」薇姬問。

「芝加哥。德雷克飯店。我必須回去，我必須——」

「去芝加哥？」薇姬問，「你想讓我開車送你去芝加哥？那得開上兩個半小時。」

「是的，你可以嗎？噢，上帝，我很抱歉，我很抱歉，我不能我不能我不能——」薇姬看著她的手錶。她深吸了一口氣，有一刻睜大了眼睛。隨後轉身拿起她的紅色皮夾。「我們去芝加哥吧。」她對彼特說。

「噢上帝，謝謝你，謝謝你——」露西已經在開門了。

彼特用嘴型對薇姬說：我從來沒去過。薇姬也用嘴型回答他：我知道，但我去過。她指著自己的胸口。

※

儘管有太陽，天氣並不炎熱。空氣中有一種清澈，預示著即將到來的秋天。彼特鑽進露西租來的白色汽車，等待薇姬掉頭開過來的時候，感受到了這一切。露西的車聞起來很新，而且很乾淨。隨後他跟著他的妹妹們開到外面的大路上。他無法相信他正驅車前往芝加哥。他有種自己可能會死掉的感覺。他沿著起初感到熟悉的窄路行駛，然後跟著他妹妹的車開上了公路。太陽緩慢地劃過天空，他穩穩地行駛在他妹妹的後面。一個多小時過去了。他能看見她們，薇姬，她的肩膀很寬，她時不時轉過頭去看看露西，露西的頭更低一些，坐在副駕駛座上。他開啊開啊。他駛過橡樹和楓樹，駛過四周畫著美國國旗的巨大穀倉，駛過一塊寫著「槍枝與記憶」的標誌牌。他駛過一片堆滿強鹿牌卡車與機器的巨大空地，駛過一塊寫著

「『一日得』植牙144美元」的廣告牌，駛過一座廢棄的購物中心，水泥停車場裡荒草叢生。他握著方向盤的手掌在出汗。還要開上很長一段時間。

他妹妹的車突然閃著車燈，放慢了速度，薇姬把車停到路肩。彼特只好迅速踩下剎車，即使如此他還是超過了他妹妹，但他把車停在了她前面。

他下車時，一輛卡車從他身邊飛馳而過，捲起一陣狂風。露西正從薇姬的副駕駛座這邊下車，接著朝他跑過來。「我沒事了，彼特。」她說。他覺得她的眼睛變小了。她快速地摟了他一下，頭撞在他的下巴上。「真心感謝你，」她說，「你們可以走了，我自己能開進城。」

「你確定嗎？」又一輛卡車從他們身邊疾馳而過，離得非常近，他感到困惑，還有些害怕。「露西，小心點。」

露西說：「我愛你，彼特。」然後她就走了，鑽進她租來的白色汽車，他等待著，看著她把座椅調高。她把頭伸出打開的車窗。「走吧，走吧。」她喊道，揮著手臂。然後她又喊了些別的什麼，彼特朝她往回走了幾步。「告訴薇姬，記住安娜－瑪麗的事，告訴她，彼特！」

於是他向她揮了揮手，然後轉身鑽進薇姬的車，座位上仍然留有露西的體溫。地板有空汽水罐，他的腳不得不繞開它們。彼特和薇姬跟著露西，直到他們來到下一個出口，然後他們掉頭往回開。彼特的腦海中，浮現露西的白色汽車沿著公路開進城市的畫面。他感到震驚。

過了幾分鐘，他們開回正道上之後，薇姬說：「好吧。嗯，事情是這樣的。」她一邊開車，一邊瞥了一眼彼特，「露西瘋了。」

「真的嗎？」

「她徹底瘋了。她一直哭著說，對不起，對不起，最後我終於說，露西，別再道歉了，沒事的。但她不停地說，不，我來是錯的，走也是錯的，都是我的錯。我說，露西，馬上住嘴。你跑出去了，你有了新生活，就待在外面吧，沒事的。她就是哭個不停，彼特。這有點嚇人。我說，你為什麼不給你丈夫打個電話？她說他在排練之類的，晚點再打給他，然後我說，好吧，那找你女兒試試，她說，噢，不，她不能讓女兒聽見她這副德性。」

彼特盯著置物箱，底下有些斑痕，像是很久之前咖啡灑在上頭留下的。「哇噢，」他說，「我不知道該說什麼。」

「沒什麼。」薇姬超過一輛車，開回到車道上，「不管怎樣，她吃了藥，然後說恐慌症是多麼——我不記得她怎麼說了，但她冷靜了下來，讓我靠邊停車，這樣我們就不用開進城了。但是，彼特，那真讓人難過。她那麼瘦小，而且她——你在網路上看到她——」薇姬陷入了沉默。她坐直身子，一隻手開車，另一隻手摸著下巴。她的手肘放在身邊的扶手上。他們就這樣行駛了很久。

最後，薇姬直視著前方的道路說：「她沒瘋，彼特。她只是受不了回到這裡。這對她太難了。」

在和格普蒂爾夫婦去卡萊爾慈善廚房的路上，彼特曾注意到他們之間是多麼恩愛。雪莉經常會在湯米開車時，把她的手放在他的手臂上。彼特很好奇，像那樣自由、那樣隨意地觸碰別人，是怎樣的感覺？他原本想——但不是真的想——馬上把自己的手放到妹妹的手臂上，這個塗上口紅來看大名人露西的妹妹。但他只是安靜地坐在她身邊。

最後薇姬說：「我真不應該提過去那些事。」

「不，薇姬。你怎麼會知道呢？而且剪衣服那事是我說的。」

他們開著車，太陽在車邊發出炫目的光。他們又一次經過畫著美國國旗的穀倉，只是這次在他們的另一邊，隨後彼特又一次看見了路對面堆滿強鹿牌綠色和黃色機械的一大片土地。他坐在薇姬身邊，感到非常安全。他一直在考慮怎麼告訴她，最後他說：「薇姬，你真棒。」

她發出厭惡的聲音，瞟了他一眼，他說：「不，真的，你真的很棒。露西讓我提醒你記得那個叫安妮－瑪麗的女人。」

「是安娜－瑪麗。」然後薇姬說：「她這是什麼意思？」

「我想她的意思是，你也很棒，我覺得她是這麼說的。」彼特的腳繞著地板上的汽水罐挪動。

他們默不作聲地行駛了很多英里。他從眼角看著他的妹妹，他覺得她車開得很好。他喜歡她龐大的身軀，喜歡她占滿座椅和她開車時不容置疑的樣子。他希望他能告訴她這個，他希望他能說些什麼，而不僅僅是她很棒。最後他說：「薇姬，我們過得沒那麼糟，是吧？」

她瞥了他一眼，翻了個白眼。「是的，沒錯。」她說。然後她又說：「嗯，我們又沒有殺人放火，如果你是這個意思的話。」她短促地笑了一聲，像是從她身體最深處冒出來的。

彼特希望這趟旅程能永遠繼續下去。他希望他們一路開著車時，他能就這樣坐在妹妹的身邊。

但他認出了他們現在的位置。道路正在變窄。他看見一株已經開始變紅的楓樹樹梢，看見了彼得森家穀倉周圍的田野。最後，他們終於回來了。薇姬把車開到路邊，然後駛進車道，在他們面前的正是那座疲憊的小房子，百葉窗開著。薇姬熄了火。過了一會兒，彼特說：「嘿，薇姬，你想要那塊地毯嗎？」

薇姬把一根手指放在眼鏡中間，往鼻梁上推了推。「當然了，為什麼不呢？」她說。但她沒有做出下車的動作，於是他們凝視著那間房子，沉默地坐著。

多蒂的旅館

他們從東部來，姓史摩爾。

多蒂一直記得這個，因為那個丈夫塊頭很大，總是一臉惱怒，在多蒂的想像中，這至少部分是由於他一輩子都在回應關於他姓氏的議論。當然，多蒂完全沒有參與——一次也沒有！史摩爾太太是打電話預訂的，因此多蒂知道他們並不年輕。不僅是史摩爾太太的聲音透露了這點，而且大多數人如今都在網路上辦事了。事實上，多蒂比史摩爾太太還大一些，但多蒂卻像一條渴望水源的白鱘一樣，沉迷於網路。她很遺憾在她年輕時還沒有網際網路，她確信她本可以憑頭腦幹出一番事業，而不是在過去的這麼多年裡，靠出租房間謀生。她本來可以賺大錢的！但多蒂並不是個愛抱怨的女人，她那正派的愛德娜阿姨在某年夏天教育過她——好像是一百年前的事了，其實也差不多——一個抱怨的女人，就是在把汙泥推到上帝的指甲縫裡，這個形象多蒂從來沒能完全擺脫。多蒂是個小個子，一本正經，擁有和她中西部的祖先一樣的好皮膚，從各方面來看——有很多方面可以考慮——她在自己和其他人眼中都表現得不錯。這一次，她為史摩爾夫婦預留了房間。兩週之後，一個高大的白髮男子走進門來，說道：「理查・史摩爾醫生有預訂。」史摩爾醫生的這句話顯然包括了他的妻子，她跟在他後面走進來，但他完全沒提到她。

站在前檯，他用糟糕的筆跡填寫入住資料，漸漸流露出煩躁的神情，而史摩爾太太——她非常瘦，整個人顯得很緊張——彬彬有禮地環視著休息室，隨後對牆上劇院的老照片產生了興趣，她好像特別喜歡掛在旁邊的一張圖書館的照片。照片上是一九四〇年時的圖書館，紅磚青藤的老式風格，於是多蒂立刻對這個女人——還有她的丈夫！——產生了一種直覺。當然，做這一行，多蒂總會立刻對人有直覺。有時多蒂也不免錯得離譜，但對於史摩爾一家，她沒有弄錯：史摩爾醫生很快抱怨起房間裡沒有放手提箱的行李架，多蒂自然也沒有告訴他，當你讓妻子打來訂最便宜的房間時，就是會發生這種事。她只說大廳盡頭還有一個房間，可能會讓他們更滿意。那是「小兔子屋」——她這麼叫它，因為以前她有收集絨毛兔子玩具的習慣，她的丈夫每個假期都送她一隻，朋友也送，於是後來多蒂把它們都放到了一個房間。而且，真的，人們有時會為它們瘋狂。女人們會，還有男同性戀者。那些兔子讓他們想像力大增，他們會讓兔子用不同的聲音說話，等等。多蒂曾經有個顧客意見本，直到人們在上面寫了一些在「小兔子屋」裡看到鬼之類的蠢話。但「小兔子屋」裡有兩張床，以及一個矮櫃子，史摩爾醫生可以把手提箱放在上面。那天晚上，多蒂透過牆壁聽見史摩爾太太發出一段持續的輕聲獨白，她丈夫只是簡短地回應了一兩次。多蒂聽不清多少內容，但她知道了他來這裡是為了參加心臟學會的會議，而多蒂覺得，他沒在城裡舉辦會議的地方找個大飯店住，很可能是因為隨著年歲漸長，他已不再真正受人尊敬。他也無法忍受看見年輕的同事們在晚上縱情歡笑，因此他來到了這裡——多蒂的民宿。在這裡，他即使受到冷落也無人注意。「一個內科醫生。」她想像他在早餐時會這麼說，因為所有不想被當成學者的男醫生都會這麼說，多蒂後來明白了，內科醫生似乎自認為比學者優越得多。多蒂已不再關心誰對誰有優越感，但在這行裡，你總會注意到一些事情。即使你一直緊閉雙眼，還是不免注意到什麼。多蒂認為，史摩爾醫生的時代，他的個人歷史，他本人的職業生涯，都已經過去了，而他無法忍受這一切。她確信他對電子病歷、電子化的成本，以及他再也掙不到那麼多錢的事實大為不滿。噢，她並不為他感到難過。

但他的妻子卻讓她吃驚。

每當多蒂看到史摩爾夫婦這樣的夫妻，她有時會感到寬慰，幾年前痛苦的離婚至少讓她免於成為另一個史摩爾太太——也就是，一個神經質、有些愛發牢騷的女人。而丈夫的無視自然又讓她越發神經質。這種事你總是能遇到。而當多蒂遇到這種事，她想起自己總是——很怪，她覺得這很奇怪——在丈夫不在的時候，表現得像是一個更加堅強的女人，雖然她每天都在想念他。

但事實上，在吃早餐時，史摩爾太太——她的丈夫沒有和她說話，而是在查看一個活頁夾，裡面可能裝著他白天要用的資料——突然唱起了歌。她一直在翻看多蒂放在籃子裡的一疊過期劇院節目單，在等她的吐司麵包時，她喊了出來：「噢，我喜歡吉伯特與蘇利文的那場戲。」然後她唱起了《賓納福皇家號》中的一首合唱曲——僅僅一桌之隔還坐著另外兩個客人。多蒂以為史摩爾醫生會阻止她，但他和她一起唱了幾小節，這讓多蒂心裡暖暖的。確實如此，雖然她總是很自然地生怕打擾到其他客人，但其他人似乎並不介意，甚至都沒注意到，多蒂明白，人們大多只關注自己。

史摩爾醫生要了燕麥粥，他妻子則要了全麥吐司——多蒂注意到她一身黑衣——幾分鐘後，他妻子說：「理查，快看。安妮·阿普爾比！看，這裡寫著呢，她在《聖誕頌歌》裡演瑪莎·克拉奇，八年前的事了。看啊。」她用手指在節目單上輕輕戳了一下，隨後他從她手裡拿走了節目單。

「一切還好嗎？」多蒂問，一邊把食物放在桌上。她喜歡用像是英國人的腔調說這句話，雖然多蒂這輩子從沒去過英國。

史摩爾太太的眼睛閃著光，她轉身對著多蒂：「安妮·阿普爾比曾經是我們的朋友。嗯，她是我們認識的人。她是我們——」她的丈夫用一種老夫老妻間常用的微妙手勢打斷了她，於是他們默默地吃完了早餐。

上午過半，他們一起離開了房子。他們離開了房子，這是每個來到這裡的人都會做的：離開。多蒂總是會意識到，人們來這裡是為了拜訪別的人，或者——就像史摩爾夫婦一樣——投入到他們的生意世界，或者通常是為了看望在讀大學的孩子。無論是什麼緣由，他們都和伊利諾州傑尼斯堡這個小城的某個東西連結在一起了。他們帶著目的走到外面的街上。巨大的橡木房門關上了，凸顯著這一點，還有他們剛走上前廊時壓低的聲音，無可避免的肆意低語——嗯，那些也是生意的一部分。

※

史摩爾太太剛吃完午飯就自己回來了。她從脖子上解下圍巾，在休息室裡閒晃了一會兒，看著牆上的老照片，此時多蒂正在桌子後頭工作。「我叫雪萊，」史摩爾太太說，「不知道我之前是否認真介紹過自己。」多蒂說她來這裡住太好了，接著繼續做自己的事。人們有時會在這種旅館裡感到困惑，不知道應該表現得有多友好，而多蒂懂得這一點。她嘗試著去通融。多蒂年輕時曾經窮困潦倒，在之後的很多年裡——遠遠超過必要的時間——每當走進一家商店，無論是服飾店、肉鋪，還是糕點店、百貨公司，她都可能被監視，接著被要求離開。多蒂珍視這種屈辱。任何走進她的民宿的人，都絕不會有這種感受。雪萊・史摩爾，她沒有流露出任何曾經忍受過貧窮的跡象——當然，誰也不知道——卻真的非常緊張。多蒂意識到了這一點。過了幾分鐘，雪萊又說起了女演員安妮・阿普爾比。雪萊站著觀看劇院的那張照片，她對多蒂說，但沒有看她：「我經常想起安妮。可以說，比我所需要的頻繁得多。」她飛快地對著多蒂笑了笑，臉上掠過的神情讓多蒂有一刻覺得彷彿一條小魚游過了她的胃，她辨認出這種感覺是一種症狀——嗯，近乎憐憫的症狀。不過憐憫是令人困惑的，多蒂討厭別人憐憫自己，她知道她以前經歷過。

多蒂突然問這個女人想不想喝杯茶，雪萊說：「噢，再好不過了。」於是她們在客廳裡坐下，那裡就是個休息室。雪萊・史摩爾只啜了一口茶，就像在戲劇圈子裡說的那樣，那不過是個道具，一件家具罷了，讓她得以在那個秋日坐在多蒂的房子裡，房間裡的光線變幻莫測。多蒂發現，那杯茶給予了她談話的許可。

後來多蒂盡了最大努力，回憶了這次交談，以下是雪萊所說的主要內容：

史摩爾醫生多年前曾在越南服役，同行的是另一位內科醫生，一個叫大衛・賽沃爾的男人。雪萊聲稱，他們在越南從未遇到過危險。那裡很無聊，真的。戰爭快結束時，他們在安全地區的一間醫院裡工作，不斷接到通知，要他們及時離開這個國家，他們沒有在西貢陷落時被吊在直升機上，從來沒有這種事，甚至他們在醫院裡也沒見過多少「可怕的東西」，真的──雪萊不想讓多蒂覺得他們像很多人那樣受到了精神創傷……噢，你知道，那些服過役的人──好吧。她輕柔地用手拍拍她穿著黑色寬褲的大腿。好吧。理查從戰場回家後，在一列開往波士頓的火車上遇到了雪萊，一年後他們結婚了，大衛是伴郎。大衛後來當了精神科醫生，娶了一個非常漂亮的女人，名叫依莎。他們有三個兒子。史摩爾一家和賽沃爾一家是朋友──他們住在波士頓城外的同一個鎮上，都參與了為管弦樂隊募款的事，而且，噢，你知道事情總是這樣，你結交了一群朋友，而賽沃爾一家是他們的朋友。他妻子依莎一直有點古怪，難以捉摸，非常拘謹，但是個好女人。所有人都知道，大衛嗜酒如命，但他可以做到不帶酒氣出現在辦公室裡，醫生和牧師，這兩種職業的人絕對不能有酒氣──還有他們的兒子，噢，這不重要，他們就像所有的兒子一樣，有兩個後來過得不錯，另一個不太好。依莎總是很擔心，大衛常常很嚴厲，而重點是，結婚三十年後，大衛和依莎離婚了。大家都很震驚。你會下注賭在其他夫婦上，但不太會出哪怕一分錢去賭賽沃爾夫婦分手，但事實就是這樣。雪萊・史摩爾抬起她纖細的手腕，手掌向上，微微聳了聳肩，莫名顯得很嚴肅。「我們有自己的麻煩，你知道，」她說，「多年來，我一直把一個離婚律師的名字保存在書桌抽屜裡。直到我們將湖邊的小屋翻新，作為我們的退休居所。」她說。多蒂只點了一下頭。

分手是依莎造成的，她在繪畫班上找了個男人，諷刺的是，繪畫班是大衛纏著她要她報名的，因為他覺得她意志消沉。大衛怒不可遏，完全崩潰了。有幾次他來到史摩爾家，哭上一場，老實說，看到這個讓雪萊感到很煎熬。或許這種想法很老派，但她就是不喜歡看到一個成年男人哭泣。理查是個好人——這件事讓他煩躁，他覺得很累，但還是處之泰然，就像任何好朋友會做的那樣。

接下來幾年裡，大衛帶來形形色色的女人，噢，雪萊不打算說她們，因為她們不是重點。重點是安妮。安妮・阿普爾比。說到這裡雪萊坐直了一些，稍稍向多蒂傾著身子，說：「她真的很特別。」

多蒂不覺得聽她說這些有什麼為難。

「關於安妮——噢，首先你得知道她非常高。大概有六英尺，而且很瘦，所以她看起來真的很高，她留著深色的長鬈髮，幾乎是螺旋形的——說實話，我經常懷疑她有沒有什麼別的混血基因，你知道，也許有些別的，除了北美印第安人之外。她從緬因州來的。她的臉很美，很美，有著最精緻的面容和藍眼睛，而且——噢，我該怎麼說呢？她就是能讓你高興。

她熱愛一切。大衛第一次帶她來的時候——」

多蒂問他們是怎麼認識的。

雪萊漲紅了臉頰：「我要是告訴你，理查會殺了我的，但，她是大衛的病人。好吧，他本來可能會丟掉他的執照，但他處理得很好。他說他不能再當她的精神科醫生了——聽著，重點是這種事有時就是會發生，這次就發生在他們身上，他把她帶回來了——不過當然了，他們必須隱瞞他們是怎麼認識的，他們編了個故事，說她母親在大學時就認識他，這完全是胡說。安妮來自緬因州的一個馬鈴薯農場，看在上帝的分上。但她從十六歲就是演員了，剛離開家，顯然沒人在乎，即使她比大衛小二十七歲，似乎也沒有任何影響，他們很幸福。你就是會喜歡和他們打交道。」

雪萊停下來，咬著嘴唇。她的頭髮是淺草莓紅色的，曾經是紅棕色，如今則像年老女性的頭髮一樣變得稀疏，她把它剪短了——多蒂腦中想到的是「合適」這個詞——長度正好到下巴上方。雪萊可能不會做出什麼大膽的事，她很可能也從來沒做過。

「你知道，」她說，「理查不確定他想不想搬到湖邊。」

多蒂揚起眉毛，雖然她的確認為東部人不需要鼓勵也會勇往直前。中西部的人絕不會這樣。缺乏自制力在中西部不是美德。

「但那是另一回事了。」雪萊說。「好吧，差不多是。」她說。

不知什麼緣故，或許只是太陽斜照在硬木地板上的樣子，讓多蒂猛然回憶起童年的一個夏天，當時她被送往密蘇里州的漢尼拔，去一個年老、陌生的親戚那裡待上幾週。她是獨自去的——她親愛的哥哥艾貝爾在當地劇院找到了一份領座員的工作，因而留在了家裡——多蒂被嚇壞了。像一些習慣了貧窮的孩子一樣，她懵懵懂懂，對人言聽計從。為什麼她正派的愛德娜姨媽無法像以前一樣接受她，多蒂至今都不明白。她唯一回想起的，是她在《讀者文摘》上讀到的一篇文章，它就被堆在一個滿是灰塵的窗臺上，許多毫無意義的雜誌中間。文章講述的是一個女人的故事，她的丈夫曾在朝鮮服役，那時她和小孩們待在家裡，這位妻子——這個寫了這篇文章的女人——住在美國的某個地方，撫養孩子，等待丈夫的每一封來信。終於他回來了，一家人十分高興。大約一年後的某一天，當時她的丈夫在上班，孩子在學校，有人來敲門。一個小個子的朝鮮女人站在那裡，懷裡抱著一個嬰兒。以多蒂當時的年齡，她的心理依然很幼稚，儘管她已對生活有所領會，或者不妨說她已從生活中有所吸收，因為人們都是先吸收而後領會，如果他們真能領會的話。當多蒂讀到這篇文章時，她想像著那個開門的女人，她的心幾乎要從喉嚨裡跳出來。丈夫坦白了：他為這混亂的一切感到抱歉，他決定和他堅貞的妻子離婚，娶這個朝鮮女人為妻，和她一起撫養孩子，而這個堅貞的妻子在心碎的同時，選擇了幫助他們。也就是說，她允許她的孩子去她丈夫的新家，她還給這個年輕女人一些建議，把她送進英語班。當丈夫突然去世後，這第一任妻子收留了年輕女人和她的孩子，幫助他們自立，直到他們可以搬到別處安定下來，甚至在當時，在她寫這篇文章的時候，她還在資助這個孩子完成大學學業。這是個真正的基督教故事，如果真有這種故事的話。這一切深深觸動了多蒂。她默然而無度地哭泣，年輕女孩的眼淚滾落臉頰，滴落到紙頁上。這個遭到背叛而慈悲心腸的女人，成了多蒂心中的英雄。這個女人原諒了所有人。

輪到多蒂自己敲門時，她自然想起了這個故事。她開始明白人們必須做出決定，真的，決定自己將如何過活。

※

雪萊・史摩爾坐在扶手椅上，神情痛苦地望著地板，多蒂說：「房子在哪裡，雪萊？」

「在新罕布夏州的一個湖上。」雪萊來了精神，坐直了一些，「我們幾年前買下了這個小屋子，是個漂亮的小地方。如果可以的話，我們會在週末還有夏天到那裡去，度過八月的大部分時間，我喜歡那裡。我喜歡看水天一色的景象，四月分那裡還會有開花的月桂樹，真的很美。我希望我們能在那裡養老。」

「為什麼不呢？」多蒂說。

「我告訴你為什麼不行。理查不贊成。隨著時間推移」——雪萊在椅子上往前傾——「隨著時間推移，你看——噢，我這麼說吧，做醫生的妻子可不是什麼美差。說實話，醫生總覺得自己無比重要。我帶孩子，他會說我做得不對，但當學校打電話來，說剛發現夏綠蒂把女生的房間毀得一塌糊塗時，他人在哪呢？當然是不見人影。」她突然大笑起來。「好吧，我終於在婚後第一次表達了抗議，我說，如果你不打算和我一起把這棟小屋改造成我們的養老之家，那你就不是我心目中的你，也不是我需要的人了。」她揮動著纖細的手臂。「那都是陳年往事了。我設計了一棟漂亮的房子，土地使用分區管制的唯一要求，就是保留房子的原始面積，你知道的，照做就行了，保留原始面積。然後我從波士頓找了幾個建築師，花了將近兩年的時間，但它終於是建好了，一棟漂亮的房子，我們可以往上蓋——有四層樓，你知道——也可以往下蓋，往地下挖一點，所以它其實有四層半，真是棟漂亮的房子。週末我們會有朋友過來，我們也會在那裡養老。再過不久。理查對當今事物的運作方式十分厭倦，再也沒有人能真正靠醫學謀生了。」

「再說說安妮那女孩的事吧。」多蒂說。

雪萊露出了一分急切的神情。「她算不上是個女孩了，但她看上去確實如此。她看著確實像個女孩。」接著雪萊輕聲而從容地說了下去。天色愈來愈暗，這時門開了，她的丈夫走了進來，多蒂立刻看出他對於妻子和旅館老闆坐在客廳裡，就著兩杯沒喝的、已經放涼的茶聊天是多麼鄙夷。他簡短說了幾句，然後徑直走向他們的房間，雪萊偷偷朝多蒂微笑了一下，拿上東西跟了過去。

※

安妮・阿普爾比和雪萊所描述的一樣：多蒂找到了採訪、評論、部落格，當然還有照片，這個女孩的確很特別。她沒有女演員慣有的那種毫不掩飾、光芒四射的特質，她們的笑容彷彿能從照片中溢出，再鑽進你的膝蓋。而男演員在多蒂看來則非常孩子氣，從他們在電視上愚蠢的採訪及網路上的表現就能看出來。但安妮看起來並不是那個樣子。她看上去好像可以讓你永遠盯著她看，卻無法得知你想知道的事，她不會讓你知道的。這是種非常吸引人的特質。多蒂能想像一個精神科醫生在她這樣的病人面前會遇到的麻煩：她每週都從房間的另一頭盯著他看，或者躺下，或者做任何一個去看精神科的病人可能做的事。不過，安妮似乎不做演員有一陣子了。多蒂找不到任何有關她目前動態的消息。

※

雪萊說在安妮與大衛最後一次來訪時，她曾和安妮一起繞著湖散步，那是安妮和大衛第一次見到那棟新房子。新房子的樓下有一間客房，安妮和大衛馬上把他們的包拿了進去，安妮說，噢，真美啊，雪萊，你做得真是太棒了！隨後他們沿著湖邊散步，男人走在女人前面，雪萊告訴了安妮一些事。多蒂自然很好奇：是什麼事？雪萊也當然沒等她問就告訴了她。「我告訴安妮，我現在老了，生活變得不一樣了。我是說，」雪萊說，一邊把她褲子的上半部弄平整，「安妮有這種特質，讓你覺得你真的能和她談心，所以那天，他們最後來湖上的那次，我告訴她我還記得很多年前，我還是個年輕女孩的時候，一個男人在音樂廳裡從我身邊經過時說，嗯，你真漂亮，我把這事告訴了安妮。我說，再也不會有人對我說我很漂亮了。」

多蒂不得不花一分鐘來充分領會這段話。「她怎麼說的？」多蒂問。

雪萊昂起頭：「我不太記得了。她有種天賦，就是不怎麼說話，光只是聽著，你就會覺得一切都會好起來。」

多蒂覺得，那天雪萊說再不會有人對她說她很漂亮了，這一定讓安妮很為難。雪萊・史摩爾的容顏已逝。或許她曾經風韻猶存，但多蒂看不出來。

「我還跟她說了別的事，」雪萊說，「我告訴她，我有多擔心孩子們的婚姻。我的小女兒，噢，她變得相當……肥胖，我真的搞不懂。就在前一個週末他們來過湖邊，我看到她丈夫勸她多吃點。這些我都和安妮說了。我說，他為什麼要那麼做？安妮說她不知道。我還跟她說，我的另個女兒想換工作想瘋了——嗯，我對她講了一些私事。」

「是的，我明白。」多蒂說。

「但有一件事——」雪萊併攏雙腿，身體前傾，雙手緊握放在瘦小的膝蓋上，「安妮和大衛分手後，我打電話給安妮，說她可以自己到湖邊來，我們隨時歡迎她。我留了言，但她一直沒回過電話。從來沒有。於是，有次大衛又來哭個沒完的時候——他就那麼哭個不停，就和依莎離開他時一樣——我跟他說，安妮從來沒給我回過電話，他說：『她當然不會回你電話，雪萊。安妮覺得你很可悲！她覺得你是個白痴！』」

她不會這麼想的，雪萊回答說，就連理查也要大衛放鬆點。「她是這麼想的。」大衛說。雪萊當然很震驚，於是她說，噢，大衛，整件事都有點超出現實，你知道的。光是年齡的差距就不切實際。大衛盯著湖水說：「年齡差距。我對年齡的差距是這麼看的：人們認為女孩子喜歡年長的男人，是因為她們想要個父親。經典的理論。但女孩想要年長的男人，是因為這樣她們就可以對你頤指氣使。她們想當家作主，我告訴你吧。她就是個婊子。」

這讓雪萊非常不舒服，她告訴男人們，她要去吃晚飯了，然後她猶豫著說：「大衛，我把你的東西放到樓下客房了，但也許你不想住那裡，因為，你知道——那裡是——」

「那裡什麼也不是，」大衛說，「安妮躲在那裡不見我，還說她討厭這間巨大的新房子。她說：『這間房子是雪萊的陰莖。』她就是這麼說的。」

說到這，雪萊停下了故事。清清楚楚地，淚水湧出她的眼睛。

多蒂想放聲大笑。噢，她真的笑了。多蒂覺得這是她許久以來聽過最好笑的事。然後她抬頭瞥了雪萊一眼，發現即使她一直認為她——多蒂——在世人面前總是一臉淡定，雪萊・史摩爾卻察覺到了多蒂想笑。她非常憤怒。噢，她會大發雷霆的，多蒂明白。畢竟這個女人的故事重點在於，安妮羞辱了她。羞辱不應該被嘲笑。多蒂很清楚這點。

一片寂靜。

多蒂整理了一下椅子扶手上蓋著的手織襯墊。她感覺到內心五味雜陳。她同情雪萊。但從貫穿房間的光線中，多蒂斷定雪萊一定說了將近兩個小時，都在說她自己。噢，也說了安妮、大衛和她的女兒們，但其實是在說她自己。要是多蒂花這麼久的時間談論自己，她會感覺像尿了褲子一樣。這是文化差異的問題，多蒂知道，雖然她覺得自己花了很多年才明白。她認為這種文化差異的問題，如今在這個國家已被遺忘。文化包含階級，這個國家當然沒人在談論這個，因為這不禮貌，但多蒂也認為人們不談論階級，是因為他們並不理解它是什麼。比如，如果人們知道多蒂和她哥哥小時候吃過垃圾箱裡的東西，他們會怎麼想？她的哥哥多年來一直住在芝加哥城外的一棟豪宅裡，經營著一家空調公司，多蒂苗條又優雅，非常關注世界大事，把這家旅館管理得井井有條，那人們又會怎麼說呢？說她和她哥哥艾貝爾是美國夢的化身，其他仍在吃垃圾的人都是活該如此？很多人私下會這麼想。頭髮稀疏的雪萊・史摩爾，和她的大塊頭丈夫很可能就這麼想。

雪萊・史摩爾從小到大都愛談論自己，彷彿全世界就數她最有意思。聽她說話，多蒂簡直欽佩不已。因為即使她——或許——發現多蒂想笑，她也不會停下的。她這會兒正說到他們湖濱屋子那個鎮上的居民，在翻修之前，這些人有多麼友善和熱情。如今鄰居們開車經過時，連個手都不揮了。還有一個人停車，搖下車窗，指責她用一間大宅把湖濱給毀了。

「噢，說真的，」雪萊說，「想想這有多愚蠢。我們並沒有改變初始的房屋面積！」

多蒂起身走向她的辦公桌，假裝那裡有什麼東西引起她的注意，這都是為了避免讓雪萊看見她的臉。「抱歉，如果我不把這張帳單放在文件最上面，就會忘記要去繳錢。」多蒂沙沙地翻動著文件，又說，「我不相信安妮說過任何關於你的那些話。她聽起來不像會說那種話的人——完全不像。」

「但她當然說了！」雪萊在客廳的椅子上哭了起來。

「說你的房子是你的陰莖？」多蒂並不經常說「陰莖」這個詞，她感到很享受。她從辦公桌後繞了回來，又坐到雪萊身邊。「那真的像是這位安妮會說的話嗎？『大衛，這房子是雪萊的陰莖。』」

雪萊・史摩爾臉頰通紅。「我不知道。」

「好吧，夠誠實，」多蒂贊同道，「你不知道。但我想——如果你仔細想想——嗯，說你的房子是你的陰莖，這難道不像精神科醫生會說的話嗎？想想吧，史摩爾太太。誰會用那種術語思考事情？嘿，我和我的朋友或許會議論我們認識的其他人，但我們不會到處說他們的房子是他們的陰莖。看看這座房子。這是我的房子。你會對史摩爾先生說——你今晚會對史摩爾醫生說，這棟房子，這家民宿，是那個女人的陰莖嗎？」

就在這時門開了，史摩爾醫生走了進來，帶著一陣伊利諾州秋日的微風。「你們好嗎？女士們。」他問道，一邊解開上衣的釦子。「雪萊？」就好像這個可憐的妻子不該坐在那裡，和一個旅館老闆聊天似的。她跟著他走進了房間。

※

直到史摩爾夫婦入住後，多蒂才明白，她在這個行業裡的不同經歷，讓她感覺自己要麼和別人緊緊相連，要麼就是被人利用了。比如，有天晚飯時間，這個親愛、親愛的男人來了——一個幾乎和她年紀相仿的男人——他開了一間房，然後還是決定看電視，她就和他坐在一起看一部英國喜劇——噢，多蒂覺得劇集很有趣，她努力不讓自己大聲笑出來，因為這個男人沒笑——她漸漸意識到他正深陷痛苦之中。他開始發出一種她從未聽過的聲音。這聲音並非完全沒有性別特徵，但那是一種極端痛苦的聲音。無法言說的痛苦，她後來常常想。她輕聲提問的時候，他也對她比手畫腳，他們之間相互理解的程度，讓多蒂驚嘆不已。首先，她問他需不需要看醫生，他搖搖頭，揮舞著一隻手，表示這件事醫生幫不上忙。淚水凌亂地從這個男人皺紋深重的臉上滑落。噢，保佑他可憐的靈魂吧，她記起他的時候常常這樣想。好吧，她說，她挨著他坐在沙發上，他目光如此銳利、深沉地看著她，她想，她從來沒有被任何男人如此深沉地注視過，她自己也從未如此深沉地注視過任何男人。而他是絕對沉默的，儘管早些時候他要了一間房，並徵求看電視的許可，由此能大致肯定他會說話。她始終很冷靜，並發表了一些聲明，他可以用點頭表達贊同，或是用沮喪的搖頭表示反對。比如，她說：「我會留在這裡，確保你沒事。」他點點頭，那雙可憐而疲憊的雙眼在搜尋她的眼睛。她說：「你好像出了什麼事，但你會沒事的，我覺得。」她說：「我想讓你知道，我並不感到害怕。」而這讓他眼裡突然又湧出了淚水，他緊緊握住她的手，幾乎要把它捏斷了。接著他舉起那隻手，多蒂認為那是一種道歉的手勢。她說：「別擔心，我知道你沒有惡意。」他悲傷地搖著頭表示同意。多蒂已經沒法回憶起每個細節了，但在她看來，考慮到所有的情況——顯然有很多情況要考慮！——他們倆交流得很順暢，而她在詢問後得知，他可以在午夜吃藥，睡上五小時。「好吧，」她說，「但是不要吃太多藥，我說得對嗎？」他點頭。以這種方式——這真的是很了不起的事——他們一起度過了整個晚上，他似乎在她面前洗淨了自己的靈魂。午夜時，她給他拿來杯水，陪他走到他的房間，告訴他她房間的位置，如果他需要的話。然後，她舉起一根食指說：「不是在引誘你。我知道你一定明白，但我一直覺得最好把事情說清楚。」他幾乎笑了出來，非常開心，她看見他眼神鬆弛下來，接著兩人都為她剛才說的話大笑起來，聲音不大，但相當開懷。他是早上七點離開的：一個高個子男人，在休息後面容一新，現在也不是那麼難看了，他帶著尷尬與真誠，說了句「非常感謝你」。她沒有問他要不要吃早餐，她看到了她本不該看到的事，看到了任何人都本不該看到的事，她清楚一個這樣的女人給他端上雞蛋和吐司時，他會有多窘迫。

於是他離開了。他們總是會離開。

她保留了他的登記表，就像孩子會保留票根一樣，作為一個特殊日子的紀念物。整件事有如春天的小溪一樣坦誠。她從沒在網路上查過他的背景，她也從來沒想要去查。查理・麥考利是他的名字。有著無法言說的痛苦的查理・麥考利。

※

第二天早上吃早餐時，雪萊沒有和多蒂打招呼，甚至沒有為全麥吐司說一句謝謝。多蒂非常驚訝，這突如其來的刺痛讓她淚眼矇矓。但她隨後明白了。有次多蒂讀到過一句古老的非洲諺語：「一個人吃了飯，就會變得害羞。」此時多蒂想到了雪萊。雪萊就像諺語裡的那個人，在滿足了自己的需求之後，她感到羞愧。她吐露得比她原想說的多更多，現在多蒂倒莫名成了該受指責的人。多蒂思考著這件事，一邊在廚房和餐廳間來回走動。在她眼裡，雪萊・史摩爾這個女人所經受的只是最常見的痛苦罷了：生活沒有變成她設想的那樣。雪萊接受了生活帶來的失望，把它們變成了一棟房子。這棟房子在合適的建築師的巧妙利用下，沒有逾越法律的雷池，卻變成了像雪萊的欲望那樣龐大的怪物。她不曾為女兒的肥胖流淚。不，眼淚只有在她抱怨自己的虛榮心遭到圍剿時才找上她。她在爭奪房子的戰爭中擊敗了她的丈夫，但這還不夠。多蒂沒有對她說的是——因為不該由她來說——雪萊擁有一個會在和她吃早餐時，當著周圍坐著的陌生人突然唱起歌來的丈夫，而這並不是——不好意思，多蒂想——一件小事。

傾聽別人並不是消極的。真正的傾聽是積極的，多蒂也真的在傾聽。多蒂認為，當你想想這個世界上正在發生的事情，雪萊的問題，她的羞辱，並不算大事。想想那些死於飢餓的人，無緣無故被炸死的人，被自己的政府用毒氣毒死的人，你自己選吧——這不是雪萊・史摩爾的故事。不過多蒂同情她那些微小的——是的，微小[11]——悲傷時刻。而此時雪萊甚至連看著她的眼睛這樣的回禮也做不到。如果連多蒂都不在乎這種事，她想知道誰會在乎！

雪萊轉過頭看了一眼，詢問還有沒有果醬，多蒂說有，當然有。在廚房裡——這是種極為傳統的報復方式——她朝果醬裡吐了口水，攪了攪，又吐了一口，把她嘴裡能擠出來的都吐了進去，然後在史摩爾夫婦離開時，開心地看到果醬罐都空了。很可能在太初之時，人們就開始朝他們服務的對象的食物裡吐口水了。多蒂憑經驗知道，這種事帶來的輕鬆是短暫的，但大多數時候的輕鬆都是短暫的，這就是生活。

雪萊在外面待了一整天，夫婦倆直到很晚才回到他們的房間。那天夜裡，多蒂聽見——她很驚訝——從「小兔子屋」裡屢屢傳來壓抑的偷笑聲，她從床上下來，穿著拖鞋沿著過道走去。她聽見了雪萊・史摩爾取笑她的話，措詞讓她無法忍受。這些話語涉及多蒂顯然很久沒被使用過的身體部位，而毫不奇怪的是，史摩爾醫生的評論十分生動，他們聊得非常開心，就好像多蒂是個舞臺上的小丑，被自己過大的鞋子絆倒在地。這就是屬於他們的幽默。隨後，正如多蒂料到會發生的那樣，響起了她正派的愛德娜姨媽所說的，相愛之人會發出的

11 史摩爾原文為「Small」，恰好是「小」之意。

聲音。只是多蒂沒有聽見愛的聲音——她聽見了男人的聲音，這讓她想到為什麼有些女人會把男人比作豬。多蒂從未把男人想像成豬，但這個男人真的很像。這既噁心又迷人，令人毛骨悚然。站在過道上聽著，她沒有聽見一個女人在享受丈夫的愛的聲音。她聽見的，是一個竭盡所能讓自己比一個老婦人有優越感的女人的聲音，如雪萊在幾分鐘前剛剛說過的，一個古板到對幾乎任何事物都很抗拒的老婦人。換言之，雪萊・史摩爾可以變身為一個性活躍的女人，來緩解她自己的苦悶，這與多蒂不同。但多蒂看得出來，她並不是一個性欲旺盛的女人。雪萊一完事就鑽進了浴室，多蒂認為這總是意味著一個女人沒有從她的男人那裡獲得享受。

早上，史摩爾醫生一個人坐在餐桌邊。「您妻子會來和您一起吃嗎？」多蒂問。

「她在收拾行李，」他說，一邊展開他的餐巾，「我想再來一份燕麥粥，你不用為她準備吃的。」

多蒂點點頭，給他端來燕麥粥後，她去給另一對也住在那裡的夫婦辦理退房。她回到餐廳時，史摩爾醫生正站起身，把餐巾扔到燕麥粥的碗上。多蒂感到一陣深深的厭惡——她被利用了。

多蒂把手放在餐廳的一把椅子上，平靜地說：「我不是妓女，史摩爾醫生。那不是我的職業，你知道的。」

不像他的妻子在驚訝或尷尬時就很快臉紅，這個男人臉色變得蒼白，多蒂知道——因為多蒂知道很多事——這是個更糟糕的跡象。

「你這話到底是什麼意思？」他終於開口。他似乎是情不自禁地加了句：「我的上帝啊，夫人。」

多蒂站在原地，一動未動。「我說的話正是我的意思。我為客人提供床位，為他們供應早餐。我不為他們覺得無法忍受的生活提供建議。」她飛快地閉了下眼睛，然後繼續說：「或者活受罪的婚姻，又或者把他們的房子看作陰莖的可憐朋友帶來的失落。這不是我要做的事。」

「天啊，」史摩爾醫生說，他往後躲著她，「你是個瘋子。」他撞上了一把椅子，簡直快要跌倒了。他挺直身子，伸出一根手指對她搖晃著，說：「你不應該和人打交道，我的上帝。」他走進客廳，然後走上樓梯。「我很驚訝沒人檢舉你，雖然我懷疑有過。我要親自上網檢舉，上帝啊。」

多蒂收拾了餐盤。她在不知不覺中很快平靜了下來。從來沒有人投訴過她。史摩爾醫生也不會的，他很可能不太會上網。她還記得第一天早上吃早餐時，他的資料都裝在一個活頁夾裡。

多蒂等待著，直到她聽見史摩爾夫婦下樓梯的聲音。她走過去為他們打開前門，她沒有說「一路順飛」，因為她不在乎他們會不會飛到海裡去，但當她看到雪萊的紅鼻子，鼻尖上掛著一滴液體，多蒂剎那間感到悲傷。但史摩爾拿著手提箱從多蒂身邊擠過去時說：「真是個該死的瘋子，上帝啊。」多蒂又感到了那種奇妙的平靜。她禮貌地說：「再會。」接著關上了他們身後的門。

她走到辦公桌後坐下。房子裡一片寂靜。幾分鐘後，她看見史摩爾夫婦租來的汽車從車道上開出，她從最上層抽屜的最裡面拿出一張紙條，上面寫著那個可愛的男人的名字：查理・麥考利。有著無法言說的痛苦的查理・麥考利。多蒂吻了吻兩根手指，把它們按在他的簽名上。

雪盲

那時，他們居住著的那條路是一條泥土路，他們住在路的盡頭，離四號公路大約一英里。這是北部盛產馬鈴薯的地區，那時阿普爾比家的孩子們還小，冬天極冷，冰天雪地，有好幾個月道路似乎都狹窄得無法通行。那時的天氣也不同，就像一個你躲不開的家庭成員。你沒有多想就接受了它。埃爾金·阿普爾比在他最結實的拖拉機上裝了一臺堅固的掃雪機，這樣他就能把道路清掃乾淨，送孩子們上學了。埃爾金是在鄉下農場長大的，他了解天氣，了解馬鈴薯，還知道縣裡誰賣馬鈴薯時會偷偷在袋子裡放石頭增加重量。他是個神祕莫測的人，生活節儉，但他的家人知道他厭惡任何形式的不誠實。他也會出人意料地突然活躍起來。比如，他能唯妙唯肖地模仿上了年紀的勒維小姐，她管理著歷史協會的那家小博物館——「阿魯斯圖克縣的第一個抽水馬桶，」他會說，一邊縮回他窄小的肩膀，好像他有對大胸似的，「由一名據說經常毆打妻子的法官所有。」要麼他會扮成一個討飯的流浪漢，伸出他的手，藍色的眼睛裡滿是乞求，他的孩子們會笑得發瘋，直到他的妻子希薇亞讓他們平靜下來。冬天的早晨，他會在車道上把車子發動，刮掉車窗上的冰凌，廢氣在他的周圍蒸騰，一直等到孩子們跌跌撞撞地從撒了鹽、被落雪覆蓋的臺階上走下來。一路上還有另外三個孩子，戴格爾家的兩個男孩和他們的妹妹夏琳，她的年紀接近阿普爾比家最小的孩子，那是一個名叫安妮的古怪小女孩。

安妮瘦小而活潑，話很多，因此當這個孩子花上好幾個小時獨自在樹林裡玩著樹枝，或者在雪地裡擺出天使的姿態時，她的母親並不是完全地不高興。安妮是阿普爾比家中，唯一繼承了她母親和外婆那阿卡迪亞人橄欖色皮膚和深色頭髮的孩子。看見她的紅帽子和深色腦袋從雪原上穿過，就像在餵鳥器裡看見一隻茶腹鳾一樣平常。安妮五歲時，一天早上在去幼兒園的路上，她告訴全車的小孩——她的哥哥姊姊，戴格爾家的男孩，以及夏琳——她在樹林裡時，上帝和她說話了。她的姊姊說：「你真蠢，你應該閉嘴。」安妮跳上她父親旁邊的座位，說：「但祂確實說了！上帝和我說話了。」她的姊姊問，祂是怎麼做到的，安妮回答：「祂把想法放到我腦子裡了。」然後安妮抬頭看著她父親，當他回頭看她，她在他眼中看到了某種一直伴隨著她的東西，某種還不太像她父親的東西，某種似乎不太好的東西。「你們都出去。」他說，把車停在學校前面，「我要和安妮談談。」車門砰的關上後，他對他的女兒說：「你在樹林裡看到了什麼？」

她想了想。「我看到樹和山雀。」

她的父親沉默了很久，目光越過方向盤上方，凝視著前面。安妮從不像夏琳害怕她的父親一樣，害怕著自己的父親。安妮不怕母親，她是父母中更溫和的那個，但並非更重要的那個。「現在走吧。」她父親朝她點點頭，她撐著身子越過座位，雪褲嘎吱作響，然後他彎下身子去開門，說了句「小心手指」，接著把門拉上。

※

就是在那一年裡，傑米不喜歡他的老師。「他讓我想吐。」傑米說，把靴子扔進髒衣間。像他父親一樣，傑米話不多，希薇亞看著這一切，臉突然紅了。

「波特先生對你刻薄嗎？」

「不是。」

「那是怎樣？」

「我不知道。」

傑米在上四年級，希薇亞喜歡他勝於她的女兒們；他讓她渾身感到一種幾乎難以承受的甜蜜。要他遭受任何折磨都是不可接受的。她溫柔地愛著安妮，因為這個孩子是那麼古怪又無害。至於老二辛蒂，希薇亞不溫不火地愛著她。辛蒂是三個孩子中最沉悶的一個，可能也最像她的母親。

也是在那一年，傑米存下錢，送他父親一臺錄音機作為生日禮物。結果這成了一個糟糕的時刻，因為他父親用他慣常的方式，在幾乎沒有撕壞包裝紙的情況下拆開了禮物，然後他說：「想要一臺錄音機的人是你，詹姆斯。送別人自己想要的東西是不適當的，雖然這種事總是在發生。」

「埃爾金。」希薇亞低聲說。傑米確實想要一臺錄音機，他蒼白的臉頰燒紅了。錄音機被收進了衣櫃的最上層。

安妮雖然健談，卻沒有對任何人提起這件事，包括住在隔壁的外婆。外婆家是一間方形小屋，房子在長達數月的白色冬季裡顯得光禿禿的，彷彿一絲不掛，窗戶像眼睛一樣睜著，朝農場望去。這個老女人來自聖約翰山谷，據說年輕時很美。安妮的母親曾經也很美，有照片為證。如今這個老女人瘦得像根竹竿，臉上布滿細小的皺紋。「我想死。」她躺在沙發上懶洋洋地說。安妮盤著腿，坐在旁邊的大椅子上。她的外婆用手指在空中比畫著。「我現在就想閉上眼睛，一走了之。」她抬起滿是白髮的頭，看著安妮。「我好憂鬱。」她又說。她的頭低了下去。

「我會想你的。」安妮說。那天是星期六，下了一整天雪，雪花又大又濕又厚，彎彎曲曲地貼附在窗玻璃底部。

「你不會的。你來這只是為了得到一顆糖。你有哥哥姊姊可以跟你說話。我不知道你們三個為什麼不在一起玩。」

「我們沒興趣。」安妮有次找她哥哥玩牌，他說他沒有興趣。她用手戳弄著襪子上的一個洞。「我們老師說，如果你在剛下過雪、陽光猛烈的時候看著田野，可能會瞎掉。」安妮伸長脖子往窗外看。

「那就別看了。」她的外婆說。

※

安妮五年級時，開始愈來愈常住到夏琳・戴格爾家裡。安妮仍然很活潑，不停地說話，但那臺被遺忘許久的錄音機發生了點事——一個她與傑米分享的祕密——從那件事之後，似乎就有一張皮，緊緊地包住了他們一家：農場，她安靜的哥哥，她生悶氣的姊姊，她微笑的母親，那個經常說：「我為戴格爾一家感到難過。他總是很暴躁，朝孩子們大喊大叫。我們有個幸福的家庭真是太幸運了」的母親。這一切讓安妮想像著有一根香腸，她在腸衣上戳出一個小洞，試圖把肉擠出來。戴格爾先生並沒有對他的孩子們大喊大叫。事實上，安妮和夏琳洗澡的時候，他經常會進去用毛巾幫她們洗澡。安妮自己的父親則認為身體是隱私，最近他又是臉色漲紅又是大吼——吼得很凶！——因為辛蒂在把衛生棉扔進垃圾桶之前，沒有用衛生紙包好。他要她過去撿起來，多包幾層。這讓安妮打從心裡瑟瑟發抖，香腸的外衣是羞恥。他們一家被羞恥所包裹。她更多地感受到，而非想到這一點，小孩子都是這樣。但她想，當她長到要親自經歷這可怕的事，她會把東西埋在外面的樹林裡。

放學後她就去夏琳家，她們一起堆起巨大的雪人，戴格爾先生會用水管淋濕它們，這樣到了早上雪人就會結冰，像玻璃一樣。天冷得沒法出門時，安妮和夏琳就編故事玩，再把故事表演出來。安妮的父親順路來接她時，會和戴格爾夫人站在一起看她們表演。戴格爾夫人塗抹著紅色口紅，身上有股狠勁。埃爾金・阿普爾比和她交談時，眼裡閃著光。這是他和妻子說話時不會有的表情。一個星期六的下午，安妮突然說：「這是我們編的一齣垃圾劇。我想回家。」一走上通往自家房子的路時，她仍像往常一樣拉著父親的手。他們身旁的田野一望無際，白茫茫的，邊緣是雲杉深色的樹幹，積雪把樹枝都壓彎了。「爸爸，」她脫口而出，「對你來說，什麼最重要？」

「當然是你。」他沒有放慢腳步，「我的家人。」他的回答迅速而平靜。

「媽媽呢？」

「最最重要。」

快樂傳遍了安妮全身，在她的記憶中，這分快樂持續多年。回家的路上，她牽著父親的手，明亮的田野越發寂靜，樹木變暗至深綠色，乳白色的太陽成了雪的顏色。一進屋子，她就輕輕敲了敲哥哥的房門。他上了高中，唇上長出了細小的絨毛。她關上身後的門說：「外婆就是個刻薄的老巫婆。沒人喜歡她。一個也沒有。」

她哥哥一直在看手上翻開的漫畫書。「我不知道你在說什麼。」他說。但當安妮嘆了口氣，轉身要走時，他說：「她當然是個老巫婆。別擔心她。你總是誇大其詞。」他是在借用他母親的話，她老說安妮喜歡誇大其詞。

農場曾經屬希薇亞的父親所有。埃爾金此前住在三個鎮子之外的地方，雖然他原本來自伊利諾州。他住在一輛拖車裡，在一個沒有錢、沒有農場也沒有宗教的家庭裡長大。不過，他在農場做過事，了解這門生意，娶了希薇亞之後，他從去世的岳父那裡接管了農場。在安妮記事之前的某個時候，她外婆的房子蓋好了。在那之前，她一直和家裡的其他人住在主屋裡。

「聽聽這個。」傑米說，有天晚飯前，他去找安妮，他們去了穀倉，擠在閣樓裡。「媽媽來之前，我把它藏在外婆的沙發底下了。」磁帶錄音機啪嗒一聲轉了起來。然後清楚傳來他們的外祖母和女兒說話的聲音：「希薇亞，這讓我作嘔。我躺在這裡，很想吐。但你已經鋪好床了。那麼你上床去吧，親愛的。」接著是他們的母親哭泣的聲音。有人輕聲問了個問題。她應該和神父談談嗎？他們的外婆說：「如果我是你，我會非常尷尬。」

※

白色的雪彷彿要永久包圍他們，住隔壁的外祖母躺在她的沙發上一心想死，安妮仍是喋喋不休的那一個。她如今只差一英寸就有六英尺高，瘦得像條電線，一頭黑髮又長又捲。她父親有天在穀倉後面發現了她，他說：「我希望你不要像以前那樣跑到樹林裡去。我不知道你在那裡幹麼。」她的驚訝更多是因為他表情中的厭惡與憤怒。她說她沒幹麼。「我不是在求你，是在告訴你，安妮。要麼你別去，否則我保證你休想離開這間房子。」她張開嘴說，你瘋了嗎？但這個想法觸動了她，或許他真的瘋了，這讓她恐懼，她從來不知道一個人竟會如此恐懼。「好吧。」她說。但事實證明，在陽光燦爛的日子裡，她無法遠離樹林。光影斑駁的物質世界是她最早的朋友，它帶著敞開懷抱的美麗，等待著接納她的興奮感，沒有別的東西可以帶來這種感覺。她熟習周圍事物的韻律，它們出沒的地點和時間，她溜進離鎮子更近的或者學校後面的樹林，在那裡輕柔而歡快地唱著一首她幾年前編的歌：「我很高興我活著，非常高興我活著——」她在等待。

後來，她不等了，因為波特先生看了她演的一齣校園劇，安排她進了一家夏季劇院，劇院裡的人把她帶到了波士頓，她就這麼走了。那時她十六歲，她的父母沒有反對，甚至沒有讓她把高中讀完，這點她後來才意識到。當時有各式各樣的男人，有很多人肥胖而鬆垮，手指上戴著巨大的戒指，他們在黑暗的劇院中緊緊摟著她，低聲說著她有多麼可愛，就像樹林裡的一頭小鹿。然後他們送她去參加各種試鏡，在不同城鎮的不同房間，找到人和她一起住，她覺得這些人非常、非常善良。她在樹林裡體驗到的上帝的微縮存在，擴大到了愛她的陌生人身上，她在全國各處登臺演出，當她回到道路盡頭的那棟房子時，她驚訝於它竟那麼小，天花板那麼低。她帶回來的禮物，毛衣、珠寶、錢包和手錶——從路邊小販那裡買來的仿冒品——似乎讓她的家人難堪。似乎僅僅是她的出現，就讓他們感到難堪。「你真是個戲精。」她的父親低聲說，聲音中帶著厭惡。

「不，我不是。」她說，因為她以為他說的是「同性戀」[12]。

他的臉變得更大了，雖然他還是很瘦。他把一只手錶從桌子的一頭滑給她。「找個能用

12 上文「戲精」原文為「thespian」，與「lesbian」（女同性戀）諧音。

它的人吧。你什麼時候見我戴過錶？」

但她外婆站起身，她看起來都沒變，說：「你變美了，安妮。發生了什麼事？把一切都告訴我吧。」於是安妮坐在那把大椅子上，告訴外婆關於更衣室、不同城鎮裡的小公寓、每個人如何互相照顧，以及她從來不會忘詞的事。她外婆說：「不要回來。不要結婚。不要生孩子。那一切都會讓你心痛。」

※

安妮很久沒回來了。她有時會想念母親，彷彿感受到希薇亞的一陣悲傷從千里之外向她湧來，但她打電話時，她母親總會說：「噢，這裡沒什麼新鮮事。」而且好像一點也不關心安妮在做什麼。她姊姊從不寫信或打電話給她，傑米也很少這麼做。到了聖誕節，她寄了好幾箱禮物回家，直到她母親在電話裡嘆氣說：「你父親想知道，我們該怎麼處理這些垃圾。」這讓她很受傷，但並沒有持續太久，因為那些跟她住在一起的人及劇院裡認識的人，都那麼熱情而善良，為她憤憤不平。資深演員都對安妮非常溫柔，因而她沒有意識到，她在很多方面還像個小孩子。「你的天真保護了你。」有次一個導演對她說，事實上她並不懂他的意思。

有個說法是，每個女人都應該有三個女兒，那樣就會有一個能為你養老。安妮・阿普爾比東奔西跑，加州、倫敦、阿姆斯特丹、匹茲堡、芝加哥，而希薇亞唯一能找到她的地方，是藥店裡的一本八卦雜誌，她的名字和一個知名影星連結在一起。這讓希薇亞很尷尬，鎮上的人們學會不提這件事。辛蒂住在附近的新罕布夏州，很快就生了許多孩子，還有一個想讓她待在家的丈夫。於是只剩傑米留在農場，他一直沒結婚。他默默和父親一起做事，父親上了年紀，但依然強壯。傑米默默地照顧著隔壁的外婆。希薇亞常常說：「傑米，沒有你我該怎麼辦？」他會搖搖頭。他知道，他的母親很孤獨，他目睹父親愈來愈少開口和她說話。父親的吃相開始變得難看，他以前從不會這樣，咀嚼聲明顯，食物碎屑還會掉到他的襯衫上。「埃爾金，我的天啊。」希薇亞說，站起來拿了張餐巾紙，但他拒絕了：「看在上帝的分上，你們女人啊！」

私下，希薇亞說：「你父親怎麼了？」但傑米聳聳肩，他們沒有再談起這件事，直到傑米翻了很多書，才意識到發生了什麼事。很可怕，一切都說得通了：他父親的易怒，他突然反覆問起安妮的下落：「那個孩子在哪？她又去樹林裡了嗎？」這一切落進了傑米的肚裡，像石頭落入陰暗的水井一樣悄無聲息。不到一年，他們就沒法照顧這個男人了。他跑出家門，在穀倉裡放火，他的問題把他們逼瘋：「安妮在哪？她在樹林裡嗎？」於是他們給他找了個家，埃爾金為此怒不可遏。希薇亞不再去看他，因為每次去他都很憤怒，有次還罵她是婊子。女兒們也收到消息，辛蒂回家住了幾天，但安妮沒回去。她說她春天可能會回去。

她離開四號公路時，驚訝地發現這條泥土路已經鋪設一新，也不再是條窄路。戴格爾家旁邊新建了幾間大房子，她幾乎認不出自己在哪裡。辛蒂在廚房裡，那裡看上去甚至比安妮上次回家時更小，安妮彎下身親吻她時，辛蒂只是一動不動地站著。他們的母親，傑米說，在樓上。等孩子們聊完了她會下來的。安妮感到身體上有種幾乎像觸電似的警覺，她緩緩坐進一把椅子，解開外套的釦子。傑米說話很小心，也很直接。他們的父親被要求離開他現在住的地方。傑米說，他虐待護理員，和每個男人調情，抓他們的褲襠，完全無法無天。一位精神科醫生來看過他，他們的父親允許他分享兩人的談話，雖然傑米無法理解，一個失智的人是怎麼表達允許的。但總之，希薇亞得知埃爾金和賽斯‧波特維持了多年的關係，他們是情人，希薇亞說她之前就常懷疑這件事。埃爾金或許是瘋了，他自稱是個百分之百的同性戀，說得繪聲繪影。他們很可能不得不把他送到一個更加糟糕的地方，他們得把農場賣了才有錢，然而如今沒有人會買馬鈴薯農場了。

「好吧。」安妮最後說道。她的哥哥姊姊已經沉默了很久，儘管在他們中年的臉上，滿是中年人的皺紋，但他們的臉龐是顯得那樣年輕而憂傷。「好吧，我們會處理這事的。」她寬慰地向他們點點頭。隨後她到隔壁去看她的外婆，她意外地看起來毫無變化。她躺在沙發上，看著她的外孫女走來走去，把燈都打開。「你回家來處理你父親的事？你母親過得可真糟糕。」

「是的。」安妮說，她坐在旁邊的大椅子上。

「如果你想聽我的看法，你父親會發瘋是因為他的行徑。變態行徑。我一直知道他是個同性戀，那會讓一個人瘋掉的，現在他就瘋了。這就是我的看法，如果你想知道的話。」

「我不想。」安妮溫和地說。

「那跟我說些令人激動的事吧。你去過哪些令你激動的地方？」

安妮看著她。這個老女人的臉像孩子一樣充滿期待，安妮莫名對這個女人，這個在這棟房子裡住了多年的女人，產生一陣無法抑制的同情。她說：「我去了大使在倫敦的家，他們的晚餐應有盡有，很令人激動。」

「噢，把一切都告訴我，安妮。」

「讓我先坐一會兒。」於是她們陷入了沉默。她的外婆往後靠著，像一個努力保持耐心的年輕人，而安妮，她直到這天都覺得自己像個孩子——這就是為什麼她不能結婚，不能做一個妻子——此時卻暗自感到了哀老。她想起很多年來在舞臺上一直使用的意象：她牽著父親的手走上那條泥土路，大雪覆蓋的田野鋪展在他們周圍，遠處是樹林，她全身洋溢著喜悅——她利用這個場景，很快就讓雙眼溢滿了淚水，既是為其中的幸福，也是為它的逝去。如今她懷疑這一切是否真的發生過。這條路以前是否真的很狹窄，泥濘不堪？她的父親是否牽過她的手？是否說過家庭對他是最重要的事？

「沒錯。」她早前跟她姊姊這麼說。她姊姊大叫著說，假如這是真的，他們應該早就知道。安妮沒有說的是，在很多情況下，人們並無從得知。她多年來的經歷，此時像一件織物在她腿上開展，五顏六色的紗線——有些是深色的——貫穿其間。安妮現在三十來歲，她愛過男人，她經常心碎。到處似乎都流動著背叛與欺騙的湍流，它們展現的形態經常讓她吃驚。但她有很多朋友，他們也有各自的失落，他們在互相給予支持並收穫支持中度過夜晚與白天。劇院的世界是一種狂熱，安妮想。即使在傷害你的時候，它也能自圓其說。然而，她最近對他們所謂的「走向平庸」產生了幻想。擁有一棟房子，一個丈夫，孩子們，一座花園。這一切帶來的安寧。但她會怎樣處理那些像小河一樣流遍她全身的情感呢？安妮喜歡的不是掌聲——事實上，她通常幾乎聽不見——而是登上舞臺的時刻，她知道她已經離開這個世界，完全投入到另一個世界當中。就像她小時候在樹林裡體驗到的那種狂喜。

她的父親一定很擔心她會在樹林裡碰到他。安妮在大椅子裡換了個姿勢。

「他們和你說了夏琳的事嗎？」她外婆說。

「夏琳・戴格爾？」安妮轉頭看著老太太，「她怎麼了？」

「她為亂倫者的處境開啟新的篇章。亂倫倖存者，我想他們是這麼說的。」

「你是認真的嗎？」

「她父親一死，她就開始了。還在報紙上發表文章，說每五個孩子中就有一個遭到性虐待。說真的，安妮。這是個什麼世界啊。」

「但那太可怕了。可憐的夏琳！」

「照片裡她看起來挺好的。胖了。她長胖了。」

「我的上帝。」安妮輕聲說。

辛蒂平靜地說：「我們一定是全縣的笑柄。」

「不，」傑米對她說，「不管他做了什麼，他都掩蓋了。」

安妮看到他們謹慎的臉上顯露出了憂愁。「噢，」她說，她對他們產生了母親般的保護欲，「這其實不重要。」

但它很重要！噢，很重要。

回到主屋，希薇亞坐在廚房裡和孩子們一起吃晚飯。「我聽說了夏琳的事，」安妮說，「真是難以置信的悲慘。」

「如果那一切都是真的。」希薇亞回答。

安妮看著她的哥哥姊姊，他們卻盯著將要送進嘴裡的食物。「為什麼不會是真的？誰會去編造這種事？」傑米聳聳肩，安妮看出來——或者感覺她看出來了——夏琳的煩惱對他們毫無意義。他們自己的世界，和它近來失控的脫軌才是最重要的事。希薇亞上樓去睡覺了，兄妹三人坐在柴爐邊聊天。傑米的話特別多，說個不停。他們曾經沉默的父親在失智中，似乎無法控制地洩露了保守多年的祕密，而一直沉默的傑米，此時不得不在他們面前傾吐所有他聽到的事。「有次他們看見你在樹林裡了，安妮，他後來一直在擔心你會發現他們。」安妮點點頭。辛蒂神情痛苦地看著她的妹妹，好像安妮本應有更強烈的反應。安妮把手放在她姊姊的手上一會兒。「但他說過最怪的一件事，」傑米向後靠著說，「是他開車送我們去學校，就是為了能在那些時刻接近賽斯・波特。他甚至都沒看見他，就讓我們下車了。但他喜歡知道自己每天早上都離他很近。賽斯就在學校裡，離他只有幾英尺遠。」

「噢上帝啊，這真噁心。」辛蒂說。

傑米斜睨了一眼柴爐：「這讓我很困惑。」

他們臉上的脆弱幾乎讓安妮無法忍受。她環顧著小廚房，壁紙上有水漬流下來的痕跡，他們的父親總是坐在上面的那把搖椅，坐墊破了個大洞，露出裡面的填充物；爐子上的茶壺還是多年前的那只，窗戶頂部的窗簾和窗玻璃間有一層薄薄的蜘蛛網。安妮回頭看著她的哥哥姊姊。他們或許感受不到可憐的夏琳每天都要忍受的恐懼。但事實永遠在那裡。他們是在恥辱之上長大的。這是他們土壤的養分。然而奇怪的是，她覺得她最了解的人是她的父親。有那麼一刻安妮感到疑惑，她的哥哥和姊姊，善良、負責、正派、公允，卻從來不知道那種會使一個人賭上他所擁有的一切的激情，賭上他視若珍寶，卻無意中將其置於險境的一切的激情——只是為了能靠近太陽耀眼的白光。而太陽在那些時刻不知何故，彷彿正遠離地球而去。

禮物

艾貝爾‧布萊恩遲到了。

與來自全州各地經理的會議曠日持久，整個下午艾貝爾都坐在會議室裡，那張奢華的櫻桃木桌子像一塊暗色的溜冰場伸在中間，周圍的人愈是疲憊，就愈努力坐得更直。一個來自羅克福德地區的年輕女孩說個沒完，艾貝爾覺得她為自己這第一次的內部報告精心打扮了一番，這點讓他感動。大家愈來愈恐慌地看著艾貝爾——讓她停下——因為他是掌控全場的人。艾貝爾冒了點汗，終於站了起來，把他的文件放進公事包，感謝了這個女孩——女人，女人！看在上帝的分上，如今你不能叫她們女孩了——她臉紅了，坐了下來，有好幾分鐘都不知道該往哪裡看，直到往外走的人友善地和她說話，包括艾貝爾。然後艾貝爾終於上了車，開上高速公路，穿過積雪的狹窄街道，接著像往常一樣，因為看見他的大磚屋而高興。今晚房子上的每扇窗戶都閃爍著細微的白光。

他的妻子打開門說：「噢，艾貝爾，你忘了。」在她紅色洋裝的衣領上，小小的綠色聖誕球耳環晃動著。

他說：「我是以最快速度趕回來的，伊蓮。」

「他忘了。」她對柔伊說。柔伊說：「噢，你別吃了，爸。我們還得餵孩子，真的太晚了。」

「我不吃了。」艾貝爾說。

柔伊繃緊的嘴讓他的腸子突然起了一陣痙攣，但孫子們拍著手喊道：「外公，外公！」

他的妻子讓他快一點，他能快點嗎？親愛的上帝。艾貝爾已經進入了人生中的一個階段，他承認聖誕季容易讓人煩躁不安，但他自己對聖誕節的感覺——發光的樹，快樂的孩子，從壁爐架上垂下來的長襪——他似乎無法拋棄。

步行穿過利特爾頓劇院的大廳，他發現他不需要拋棄任何東西，因為都在這裡了：整個城鎮都和往年一樣，小女生們穿著亮閃閃的格紋洋裝，男孩們瞪大眼睛，穿著帶領子的襯衫，一副小大人的派頭。有位來自聖公會教堂的牧師——不久就要退休了，取代他的是一個女同性戀，艾貝爾勇敢地接受了這件事，雖然他希望哈克洛夫牧師能永遠留下來。還有學校董事會的負責人。艾蓮娜・肖塔克也在，她參加了今天的會議，此時正微笑著朝艾貝爾揮手。他們都在各自的座位上就座，低聲交談著，最後聲音弱了下去。一陣低語：「外公，我的裙子要被壓壞了。」他心愛的蘇菲亞，拿著她的塑膠小馬，緊緊抓著它的粉色毛髮。他挪動他已經麻痺的腿，讓她把裙子抖開，輕聲對她說，她是這裡最漂亮的女孩。她聲音有點過大地說：「雪球還沒看過舞臺劇呢。」一邊讓小馬在膝蓋上跳上跳下。燈光暗了下去，演出開始了。

艾貝爾閉上眼睛，立刻想到了他的妹妹多蒂，她在皮奧里亞城外的傑尼斯堡，離這裡有兩小時路程，她在聖誕節那天會做什麼呢？他對她的關心——他的愛——是真誠的，然而他所感到的對她負有的責任卻使他厭惡，儘管他不會對任何人承認這點。這是因為她既孤單又不快樂，他想，睜開了眼睛。但她或許不是不快樂，或許也並不孤單，因為她開了間民宿，他估計聖誕節期間也在營業。他明天上班時會給她打電話。他的妻子受不了她。

他緊緊握著蘇菲亞的手，全神貫注地觀看表演，這對他來說就像教堂禮拜一樣熟悉。他們來看《聖誕頌歌》有多少年了？先是和柔伊以及她的兄弟們，現在則和柔伊自己的孩子們，可愛的蘇菲亞和她的哥哥傑克。令人困惑的是，艾貝爾無法讓自己的思緒與他妹妹的生活，或者與他孩子們的青春連接在一起。他內心對流逝的時間這難以把握的概念，感到些許震驚。舞臺上傳來衷心而虛偽的「聖誕快樂，叔叔！」接著一扇單薄的門被砰的關上，看起來搖搖欲墜。「呸，騙人玩意兒！」史古基回答說。

飢餓猛然襲來。艾貝爾腦子裡想著豬排，幾乎呻吟起來。烤馬鈴薯和煮洋蔥這些誘人的畫面出現在他腦中。他交叉著雙腿，又把腿放下，膝蓋碰到了坐在他前面的女人，他向前低著身子小聲說：「對不起，對不起！」他感覺她略微做了個鬼臉，他的道歉有些沒必要。他在昏暗的燈光中搖了一下頭。

這場演出簡直又臭又長。

他瞥了一眼蘇菲亞，她正聚精會神地盯著舞臺。他又瞥了一眼柔伊，她向他投來冷冰冰的目光，這讓他費解。舞臺上，史古基正在他的臥室裡忙亂，馬利的鬼魂戴著鐐銬出現了。「你戴著腳鐐，」史古基對鬼魂說，「告訴我為什麼。」

一個念頭像一隻從屋簷上飛撲下來的蝙蝠那樣，擊中了艾貝爾：柔伊不高興。這個念頭在他的膝蓋變成了一個陰暗的形狀，就好像他被要求把它留在那裡。

但並非如此。

柔伊的孩子們讓她一刻也不得閒，而這並不是她不高興的原因。她的丈夫今晚住在芝加哥，因為他得工作，身為一個將要成為合夥人的律師，他必須如此。柔伊沒有錯。她屬社會中的特權階級，如今被稱為百分之一的那撥人，這部分要歸功於她父親的辛勤工作與堅韌不拔。行為正派是他獲得如今地位的原因。人們一直很信任他，在生意場上，信任就是一切。柔伊選擇嫁給了一個能讓她維持地位的男人，這沒有錯，一點也沒有。他只和他的女婿爭論過一次，當時這個年輕人建議艾貝爾不要繳那麼多稅。「我只是認為——」小夥子開了話頭。

「我是個共和黨人，不相信大政府——你是對的——但我的稅我會繳的。」回憶起這件事時，他從來都無法理解他當時的憤怒。

艾貝爾這時不安地深吸了一口氣，坐直身子。他小心地給自己把了把脈，發現脈搏跳得很快。

舞臺上，史古基正透過骯髒的夜窗窺視。隨後他躺在床上，聽著掛鐘的叮咚聲，接著他下床了，激動地說：「不可能！」艾貝爾——在那個時刻——想起了幾天前他妻子在早餐時遞給他一份報紙，她用手指敲著一個專欄。扮演史古基的林克．麥肯錫可能是鎮上最受歡迎的人，在利特爾頓學院上過他的藝術碩士課程的學生中，他大概也很受歡迎。但他並不是評論家的寵兒，他們寫到他是個幸運的人——這位林克．麥肯錫先生，他可是整座劇院中，唯一一個不用看自己表演的人。

伊蓮和艾貝爾一致認為，這條評論刻薄得毫無道理。然後艾貝爾就把它忘了。但此時這些話對他產生了作用。現在看來，史古基真的很可笑，可以說整件事都很可笑。在艾貝爾看來，每個人都在大聲背誦臺詞，這讓他不舒服，他似乎只能懷揣著每個他遇見的人都是在背臺詞這樣的念頭離開劇院了。上劇院當然不應該對一個人產生這種影響。他低頭看了眼可愛的蘇菲亞，她給了他一個彬彬有禮的年輕女子那種抿著嘴的、轉瞬即逝的微笑。他捏了捏她的膝蓋，她就又變成了小女孩，低下頭，握住他的手，另一隻手緊緊抓著塑膠小馬。

「過去之靈」正在說：「一個孤獨的孩子，被他的朋友們忽視，還留在那裡。」接著史古基開始哭泣。哭聲虛偽，令人不屑。艾貝爾閉上眼睛。蘇菲亞的手從他的手裡滑了出去，他雙手交叉放在腿上，很快他就睡著了。他知道這點是因為他的思緒變得斷斷續續，而且他很慶幸，終於可以屈服於襲上他肩頭的愉悅的疲憊；他記得，因為那就像一盞暮色下的黃燈，在他緊閉的雙眼後閃爍著。去年露西・巴頓來芝加哥簽售新書時，他看見了她，露西・巴頓，他母親的表姊的女兒。噢，那個可憐的女孩，她來了，一個上了歲數的女人。他走進書店，排隊等著給書簽名，然後她說，艾貝爾，接著站起來，淚水湧上了她的眼睛——在他感覺昏昏欲睡的時候，這一切讓他感到高興，但隨後他努力尋找著他的母親，他坐上了一部電梯，按了按鈕卻停不下來，然後他進入一條狹窄的通道，尋找著她，走向一頭又換到另一頭，在黑暗中感覺著她——她不見了。甚至在夢的深處，他也認出了那古老的、無法抑制的渴望，那並不算是驚恐——觀眾倒抽一口氣的聲音讓他醒了過來。

燈光熄滅了。舞臺籠罩在黑暗中。演員們停止對白。只有「出口」的標誌在門上方閃著光。過道地板上的一排排燈光就像發光的按鈕。艾貝爾感到恐懼像黑水一樣，在他周圍升起。蘇菲亞開始哭泣，其他孩子也在哭。「媽媽？」艾貝爾抱起小小的蘇菲亞，把她放到腿上。「噓，」他說，張開手放在她溫熱的後腦勺上，「沒事，會好起來的。」孩子仍在哭著。柔伊的聲音說：「親愛的，我就在這裡。」

艾貝爾不知道黑暗持續了多久，可能只有幾分鐘，但在這段詭異的時間裡，他清楚地意識到有好幾家人開始激烈地爭吵，包括他們家。伊蓮說：「艾貝爾，帶我們離開這裡。看好孩子。」黑暗中，人們已在奮力爬向過道，有的人點開手機照明，手腕和袖口因此被一種像是屬異質存在、來源不明的閃光所照亮。柔伊說：「媽媽，別說了。人們就是這樣被踩死的。爸爸，抱緊蘇菲亞，我抓住傑克了。」

「我們得從這裡出去，艾貝爾，」他的妻子說，「如果你——」

多年的婚姻裡，有許多事被談論過，許多場面發生過，並且產生了一種累加效果。所有的一切在艾貝爾心中飛馳而過：夫妻間的柔情早已衰退，他可能不得不在缺少它的情況下度過餘生。他發出了一聲聲響。

「爸爸，你還好嗎？」柔伊手機的光線正對著他。

「我很好，親愛的，」他說，「我們等等吧。聽你的。」

一個聲音從臺上傳來，呼籲大家保持冷靜，隨後燈亮了，讓處於各種驚慌與混亂狀態中的家庭無處遁形。布萊恩一家待在原地沒動——不是所有家庭都這樣——他們看著，演出最終繼續進行下去，但事件的緊張氣氛沒有完全消散，當燈光最終熄滅時，掌聲就像是一種解脫。

他們一言不發地坐在車裡，在他們快到家時，艾貝爾才看了後視鏡一眼，他問蘇菲亞，雖然出了點狀況，但她是否享受這場演出。「什麼是狀況？」她問。

柔伊說：「就是出了點問題。比如今晚，燈熄了。」

「但燈為什麼會熄呢？」傑克小聲問。

「我們不知道，」艾貝爾說，「有時候是保險絲斷了。但沒造成傷害。」

「出口標誌是靠發電機點亮的。」這是伊蓮提供的資訊，「謝天謝地，法律規定緊急照明燈必須有單獨的供應電源。」

「媽媽，我們別管這個了。」柔伊疲憊地說。或許柔伊像成年孩子經常會做的那樣，看不慣她父母的婚姻，她已經察覺到這些年來柔情的消退，對他們產生了一種深深的厭惡：我的婚姻絕不會像你們的那樣，爸爸。好吧，他會這麼說，那挺好的，親愛的。

雖然很餓，他還是等孫子們換上睡衣後才和他們坐在一起。他模仿史古基，逗得他們大笑，想完全消除他們的恐懼。蘇菲亞突然從他膝上滑了下去，立刻尖叫起來。這聲音尖銳而可怖，她跑進了孫子們慣常待著的那間臥室，尖叫轉成了啜泣。

「雪球」不見了。

車上被迅速而徹底地搜查了一遍。沒有找到淺粉色鬃毛的塑膠小馬。「我想她把它落在劇院裡了，爸爸。」柔伊滿是歉意地看著他，艾貝爾拿上車鑰匙，對蘇菲亞說：「我會把你的小馬帶回來的。」

他因為疲憊有點頭暈。

「又出了點轉況[13]，」蘇菲亞羞怯地說，「對嗎，外公？」

「去睡吧。」他彎下身吻她，「等你早上醒來，一切都會好的。」

※

他驅車穿過昏暗的街道，再過河進入市中心，他擔心劇院已經關門了。他把車停在街上，發現劇院的前門沒開，透過黑暗的玻璃，裡面一個人也看不見。他摸索著手機，才發現匆忙之中他把手機落在家裡了。他極小聲地祈禱著，隨後用手捂住了嘴。一個年輕男子出現了，從一扇側門裡出來。艾貝爾喊道：「等等！」這傢伙肯定是劇院的學徒，艾貝爾猜測，

13 小女孩誤將mishap（小事故、災禍）說成了mizzap，譯文中以「轉況」（應為「狀況」）表示。

因為他衝艾貝爾微笑，還把著門，艾貝爾說：「我外孫女的玩具小馬落在這了。」那傢伙說：「我想舞臺經理還沒走，也許他能幫到你。」

於是艾貝爾走了進去。但裡面很黑，他不知道身在何處，他進來的那扇門是個側門，似乎通向後臺。他小心翼翼地摸著牆尋找電燈開關，卻沒有找到，一邊緩緩地向前走。但就在這時——哈！他按到它了，但他只看見遠處有一盞昏暗的燈亮了，不過也足夠照亮他面前狹窄的走道。他的兩側是畫滿塗鴉的黃漆磚牆。他敲了敲他看見的第一扇門，發現門鎖著。「有人嗎？」他愉快地喊出這句話，但無人應答。這個地方聞起來很熟悉，無疑是劇院的氣息。

飢餓讓走廊顯得很長。在兩面黑色窗簾之間，艾貝爾看見了肯定是舞臺的東西。他頭上是一排排漆黑的舞臺燈，沒有點亮，像巨大的甲蟲在那裡等待著。「有人嗎？」他又喊了一聲，還是無人應答，雖然他這時感覺到有人在場，「有人嗎？我想找舞臺經理，喂？我外孫女弄丟了她的——」

轉向右邊，在他上方，他看見走廊裡一個光禿禿、沒點亮的燈泡上繞著一條晾衣繩，那匹小馬就被套在晾衣繩的一個繩結上。「雪球」，它的塑膠腳伸向前方，粉色鬃毛從頭上伸出，臉上是一種永恆的驚恐表情。它的雙眼睜得大大的，長長的黑色睫毛挑逗似的伸展開來。

他身後突然傳來了開門聲，他轉過身。是林克・麥肯錫，史古基的扮演者，他把假髮摘了，但妝還沒卸，這讓他看上去有點瘋狂。「你好，」艾貝爾說，伸出手去，「我的外孫女把她的小馬落在這了——」他朝掛在燈泡上的小馬點點頭。「我猜是某個學生的惡作劇，但我得把它帶回家，否則我恐怕會失去孩子的尊敬。」

史古基握手回禮。他的手瘦骨嶙峋，有力而乾癟。「進來吧。」史古基說，似乎那是他占用的一間辦公室，但艾貝爾進去後發現，那是一間四四方方的小房間，肯定是用作儲藏室了，裡面有罩布、舊檯燈，還有張缺了一條腿的桌子。

艾貝爾說：「我恐怕需要一個梯子，或者一把椅子。噢，那裡——」牆角有一把外觀是老式風格的椅子，扶手是弧形的。

史古基關上身後的門，說：「噢，只有那一把椅子，所以你幹麼不坐。」

「噢不，不了，我不需要——」

史古基的頭朝椅子的方向猛地一擺。「我要你坐下。」

艾貝爾這時明白了，他眼前的形勢很不確定，但奇怪的是，這只是讓他越發精神渙散，過了會兒他禮貌地說：「我想我還是站著吧，謝謝你。有什麼我能幫你的嗎？」他親切地朝史古基笑著，後者仍然靠在門上。艾貝爾想說，你覺得這要多長時間？他意識到這只是他腦子裡的想法，他明白他以一種獨特而古怪的方式抽離了自身。

史古基說：「聽著，我有些話想說。等我說完，你就可以走了。你能應付得了。你給我的印象是那種自認為身體很好的老傢伙，因為你到現在還沒得過心臟病。」史古基打量著艾貝爾，臉上浮起憂鬱的笑容。「你的衣服很貴。」他點點頭，「一個敬業的祕書會為你安排好每一天。人們對你不再有什麼真正的期待，你就是個傀儡。只剩下一些領導才能。但是體力，我懷疑你還有多少。那麼請吧，坐。」

艾貝爾一動也沒動，但他覺得喘不過氣。這個可惡的人所說的一切——除了沒得過心臟病的部分——大致上都是真的。那次心臟病發作才過去一年而已，當時把艾貝爾給嚇壞了。

他朝椅子走了兩步，坐了下來。椅子向後轉動，他吃了一驚。

「膝蓋無力。」史古基說，「嗯，我像鋼纜一樣強壯。我現在也是窮途末路了。任何人都不該和一個窮途末路的人待在一個房間裡。」他大笑起來，露出了補牙，艾貝爾這下真的慌了。他想知道他離開多久之後，他的妻子——或者也可能是柔伊——才會開車到劇院來，上帝啊。

「那個小馬是你外孫女的？」

「是的，」艾貝爾說，「她非常喜歡它。」

「我討厭小孩。」史古基說。他靠著牆滑下去，盤腿坐在地板上。他已經不年輕了，而他的柔軟度讓艾貝爾吃驚。「他們很小，動作迅速，非常喜歡品頭論足。你看起來很驚訝。」

「整件事都令人驚訝。」艾貝爾試圖微笑，但史古基沒有笑。口乾舌燥的艾貝爾繼續說：「聽著，我非常抱歉，但我們能不能——」

「你為什麼抱歉？」

「呃，我覺得——」

「你和一個瘋子同處一室，而你還想道歉？」

「我懂你的意思。好吧，我想走，如果你覺得——」

「我覺得我要說幾件事。我告訴過你。我要說的第一件事是，我對劇院非常、非常厭倦。我進劇院只是因為它接納所有人，尤其如果你和我一樣，出生時是個怪胎，它會把你撈上來，給你一種歸屬感——虛假的，偽裝的，愚蠢的。我要說的第二件事是，今晚的燈是我弄熄的。我用放在我睡衣裡的手機幹的。全都在網路上完成，你知道，很快你就可以用一支手機炸掉一整個國家了。但我是按指示做的，我相當驚訝。我想製造混亂，而我成功了。總之，我找不到人訴說。我對自己很滿意，但我現在覺得這是場空洞的勝利。」

「你是認真的嗎？」

「關於空洞的勝利？」

「關於燈光。」

「百分之百。套句孩子們的話，棒呆了。」史古基緩緩搖頭。為了強調他的話，他伸出一根食指對著艾貝爾說：「我們都想要有觀眾。假如我們做了件事，卻沒有人知道？——那麼，森林裡的那棵樹可能就沒有倒下[14]。」他的臉因為驚訝而展開。「就是這樣。現在我已經

14 來自哲學史上的一個經典問題：假如一棵樹在森林裡倒下而無人在附近聽見，那麼它有沒有發出聲音？

都說出來了，它發生了，我很滿意。雖然說實話，沒有我期待的那麼滿意。我們該拿你怎麼辦呢？你會從這裡走出去，把這些告訴警察或你的妻子，最後林克・麥肯錫會變成一個更大的笑話。整個城鎮會看著他身敗名裂。」

「我對這沒興趣。」艾貝爾說。

「也許明天你就會感興趣了，或者後天。」

「我感興趣的，是把小馬帶回去給我的外孫女。」

停頓了很久之後，史古基說：「這是最奇怪的事。但那讓我嫉妒得很受傷。你可能想說：『如果你自己有個孫女，劇院怪咖先生，你或許會理解這種愛。』」

「我根本沒這麼想。這跟我在想的事完全沾不上邊。我在想蘇菲亞。她在等她的小馬。我希望她能睡著就好了。」

史古基皺了皺眉。「蘇菲亞。我猜這個小女孩生活得很優越吧？」

艾貝爾等了一會兒才說：「很優越，是的。」

「你在她那麼大的時候，也很富有嗎？」

「我一點也不富有。」

「那你是靠努力工作致富的嗎？」

艾貝爾又猶豫了。「我是努力工作，」他說，「我一直都努力工作。」

史古基拍著手。「哈！我打賭你是把財富娶進門了！別臉紅，老傢伙。這簡直太美國了，挺好的。沒什麼不好意思的。噢，我真的讓你難堪了。快，快，我們換個話題。這個蘇菲亞——你認為她也會成為一個努力工作的人嗎？我很擔心。我覺得人們已經不再努力工作了。這些孩子——我聽說有些學齡前兒童因為一週沒缺勤，就能得到一顆金星！我親愛的夥伴，你的臉紅得像甜菜根。」

史古基環顧房間，看見了他顯然想要的東西，一罐塑膠瓶裝水。他連忙跑過去，拿回來遞給艾貝爾。艾貝爾沒有推辭。他穿著羊毛外套，已經熱得不行了。他喝了水，然後把瓶子遞給史古基，後者搖了搖頭，背靠著牆又坐下了。

「你是做什麼生意的？」史古基問。桌子上有一根牙籤，他拿起來開始剔牙。

「空調設備。」艾貝爾飛快地想到了今天會議室裡的那個小女孩，她為報告做了過於充分的準備。她來自羅克福德，他長大的地方。「人們仍在努力工作。」他說。

「空調。你賺大了。」

「每年我都捐錢給藝術事業。」

史古基歪著頭，看著艾貝爾。他的嘴唇毫無血色，有些地方裂開了。「現在，拜託，」他輕聲說，「別那樣。」

艾貝爾什麼也沒說。一枚恥辱的釘子被悄悄嵌入了他的胸口。他感覺自己在出汗。他想起了稍早前他認為演員們在背臺詞，此時他明白了自己也是其中一員。

「聽著，」史古基繼續說，「我只需要你聽我說完，然後你就可以走了。」

艾貝爾搖搖頭。他感到陣陣噁心，覺得口水湧進了嘴裡。他心裡完全明白了：柔伊不幸福。

「我嚇到你了。」史古基說，他的聲音好像把他自己也嚇到了。

艾貝爾輕聲說：「我的女兒不幸福。」

史古基問：「她多大了？」

「三十五。嫁給了一個非常成功的律師。有幾個可愛的孩子。」

史古基緩緩地呼出一口氣。「噢，聽起來還不如死了好。」

「為什麼？」艾貝爾認真地問道，「這應該很完美啊。」

「完美的孤獨。一個成功的律師意味著你永遠見不到他的人影。她喜歡孩子，但這會令她厭煩，所有那些帶孩子的苦差事。她對保母和清潔女工很生氣，她的丈夫也不想聽這些——所以她再也不想和他上床了，現在這也成了苦差事。她看著她的餘生，心想，上帝啊，這都是什麼？她的孩子會長大，然後她就真的過上了乏味的生活，她會買一只新手環，再買一雙新鞋子，也許這會管用五分鐘，但她還是愈來愈焦慮，很快他們就會給她服用鎮定劑或是抗憂鬱藥，因為多年來這個社會一直都在給女人們下藥——」

艾貝爾舉起一隻手，示意他應該住口了。

史古基說：「我知道你想走。你會走的，會的。放輕鬆。」史古基的嘴張得大大的，用牙籤戳著什麼東西，然後吐了出來，長嘆了一聲。「抱歉，」他說，「真噁心。」

艾貝爾難以察覺地點了點頭，表示他覺得沒關係。

這個月早些時候，艾貝爾慶祝了他六十五歲的生日。人們說，你看起來棒極了。你看著氣色很好。沒有人說：你戴著牙冠的牙齒——你很久以前的驕傲和快樂——似乎隨著你變老而愈來愈大了。沒有人說：艾貝爾，那些牙太糟糕了。或許沒有人想到這個。

「真蠢，」史古基說，「對別人說放輕鬆之類的話。你什麼時候會因為別人讓你放鬆你就能放鬆？」

「我不知道。」艾貝爾說。

「可能永遠不會。」史古基的音調變得溫柔又隨意，彷彿他認識艾貝爾很久了。

如果還有精力，艾貝爾或許會告訴這個古怪而備受摧殘的人，很多年前他曾在羅克福德的劇院當過領座員，離羅克河只有幾步遠，這就是今晚他進入側門的時候聞到的，劇院的神祕氣味。他在高中時期就找到了那份工作，十六歲的時候。就在那一年，他的妹妹被帶到她所在的六年級全班人面前，大家指著她裙子上的汙漬，告訴她沒有人會窮到買不起衛生棉。那之後多蒂就不想再回學校了，艾貝爾答應了她一件事，但他不記得是什麼事了。他記得的是，那些薪資支票的力量。十六歲時，他就體會到了金錢驚人的力量。錢唯一辦不到的，是給多蒂買一個朋友（或者給他自己，但這沒那麼重要），但錢買到了一只亮閃閃的手環，這就是她得到的！那讓她喜笑顏開。最重要的是，錢可以買到食物。

這又讓他想起了露西・巴頓，她曾經也極度貧窮，他小時候每年夏天都去她家裡住上幾星期，她和他會去查特溫蛋糕鋪後面的垃圾箱裡找吃的。（噢，去年露西在書店看見他時的表情，那些時光全都逝去了！她用雙手握住他的手，不想鬆開。）

生活讓艾貝爾感到困惑的是，一個人可以忘記很多事，卻仍然無法擺脫它們——就像幻肢[15]一樣，他想。因為他再也不能坦誠地說出，在垃圾箱裡找到食物是什麼感受。可能是快樂，當他找到一大塊能被刮乾淨的牛排時。一切變得好實際，多年後他這麼告訴他的妻子。接踵而至的是她不加掩飾的厭惡：你不覺得可恥嗎？他的回答——理解——是如此直接，甚至當她還在說話時他就想到了：噢，你從來沒有挨過餓，伊蓮。他沒有說出口。但當他的妻子問他那個問題時，他確實感覺到羞恥。他的確很羞恥。她要他永遠別和孩子們說，他們的父親曾經窮到在垃圾箱裡找吃的。

「這讓我噁心，」史古基說，「我肯定這讓我生病了。我教這些小混蛋已經有二十八年了。」

「你不喜歡嗎？」艾貝爾覺察到了一種認知上的距離，他希望他問對了問題。

「噢，這是世界上最違反常理的事。」史古基惱怒地揮了揮手，「我們招收有錢的學生，你知道。除非招不到有錢的哭戲演員。當然了，我們總是需要能演哭戲的，讓他哭他就能哭。哭戲演員總認為他們特別敏感，特別有才，但他們只是特別瘋狂而已，他們就是這樣。」史古基顯得很疲憊，他把頭靠在牆上，眼睛看著天花板。

「喂，我想——」艾貝爾開口了，但他費了點時間才找到合適的措詞，「我覺得你對那篇評論很不滿——」

「嘿。」史古基突然站了起來。他用手指著艾貝爾：「你少來。相信我，光鮮亮麗先生。我已經走投無路很久了。」他從襯衫口袋裡抽出一根香菸。他並沒有把菸點著，只是用它輕輕敲著腿。「我一開始就告訴你，我想聊天。我們正在這麼做。聊天。好嗎？我想聊天。我們正在聊天。」

艾貝爾點頭。「是的。」

「那麼，」史古基說，深深嘆了口氣，背靠著牆慢慢滑下去，直到他又坐到了地上。「剛剛說到哪了？你準備藉由結婚一步登天。」

「看在上帝的分上。」艾貝爾強迫自己坐直了一些，「我們沒打算談論我的妻子。」他像在說悄悄話。他的思緒不知飄到了哪裡。疲倦就像一塊布蓋住了他。

「好吧，我們不談她。」史古基沉默了一會兒，然後——「但我一直很孤獨。」他說。

15 一種醫學現象，指人的肢體被截掉後，截肢者仍能感覺到已不存在的肢體。

艾貝爾看著這個男人，他此時正抬起臉望著他，頭皮上還有戴假髮留下的灰色條紋。

「我明白。」艾貝爾說。

「你明白？」史古基問。

艾貝爾幾乎笑了起來，但他不知道自己為什麼會想笑。令人吃驚的是——太可怕了！——他隨即感覺他要哭了。他勉強控制住了自己，但這影響到了他說的話。「因為——我也是。」史古基點點頭，艾貝爾覺得其中有一種因為理解而流露的真誠，艾貝爾說：「喂，我可以當你的哭戲演員。」

史古基說：「你不夠瘋狂。不過你很真誠。噢，謝天謝地。我想和人說話，你就是一個真正的人，你不知道這有多難——找到一個真正的人。」

他們都沉默了一會兒，似乎這種事情需要消化一下。然後史古基說：「你喜歡你的母親嗎？」他的聲音——在艾貝爾聽起來——又變得跟小孩差不多了。

「我喜歡她。」艾貝爾聽見自己說，「我愛她。」

「爸爸不在身邊嗎？」

艾貝爾覺得這句話聽起來很奇怪，讓他想起了校園裡的嘲諷，不過現在它並不是一句嘲諷。儘管如此，他還是臉紅了。沒錯，艾貝爾的爸爸在艾貝爾很小的時候就死了。曾經，短暫地——只有幾天？——出現過一個男人，艾貝爾記得這個，主要是因為在男人離開後，多蒂得到了一件在商店買的裙子，艾貝爾得到了一條新褲子。這條褲子很快就變得太短，而且差不多一整年都是那樣。但正是這條褲子讓他獲得了領座員的工作，那之前他母親那個當裁縫的表姊——露西・巴頓的母親——在他去他們家住的時候，把褲子改長了。

「噢，我知道這個問題傷害了你的感情，」史古基說，「我有時特別遲鈍。然後我就會生別人的氣，因為我自己很敏感。我不喜歡只對自己敏感的人。」

「我很抱歉，」艾貝爾說，一邊眨著眼睛，他的眼睛似乎有點模糊，「你知道——我感覺不太舒服。聽我說，一年前我發作過一次心臟病。」

史古基又站了起來。「你為什麼不告訴我？上帝啊。我們去找人幫你吧。」

「別擔心，」艾貝爾說，「你想你可以幫我外孫女把小馬拿下來嗎？」

史古基用探究的目光打量著他，艾貝爾望向別處。他有很多年沒有被那樣仔細地——那樣親密地——打量過了。「『別擔心』？」這個男人用幾乎是溫柔的聲音說，「你是誰啊？」

「一個穿著講究的人，」艾貝爾回答，又一次感到了想要微笑的奇怪衝動，「一個從不在繳稅時耍花招的人。」又一次——幾乎要哭泣的奇怪衝動。

「你的確穿得很講究。」史古基打開門，從艾貝爾的視線中消失了。艾貝爾聽見他喊：「我認得出量身訂做的西裝！現在我去把小馬拿下來，你別動。保持冷靜，就待在那裡！」

艾貝爾的裁縫是一個名叫凱斯的倫敦男人，每年兩次，艾貝爾大步走進德雷克飯店，來到一間可以飽覽湖景的套房。在這些暖和得過頭的房間裡，暖氣片嘶嘶作響，凱斯會拿著一條布尺來給艾貝爾量身，他以頗為精巧、篤定和迅捷的手法，用平紋細布在艾貝爾的肩膀、胸膛和手臂上比畫，用粉筆做標記。布料的樣品擺在另一個房間，艾貝爾幾乎總是選擇凱斯建議的布料。只有一兩次，艾貝爾提議或許面料可以更柔軟一些，或者條紋可能——也許——太寬了。「我不想看起來像個匪徒。」艾貝爾開玩笑說，凱斯回答：「噢，當然不。」

凱斯死於癌症的消息傳來時，艾貝爾很震驚。那種震驚與死亡有關，與一個人的毀滅有關，與那個人的消失帶來的困惑有關。艾貝爾很熟悉這種簡單的消失，他不是個年輕人了，從他自己父親的消失開始，他就見識過別人的死亡。但震驚過後是一種灼人的羞恥感，似乎艾貝爾這些年讓凱斯為他做衣服，是一件令人不齒的事。他發現當他在車裡，或者獨自待在辦公室裡，或者早上換衣服的時候，會大聲念叨出這些話：「對不起。上帝啊，我很抱歉。」

就連他以保守派的身分投票時，甚至在他從董事會領取年度獎金時，甚至是他在芝加哥最好的餐廳吃飯時，甚至當他多數時候想的都是他想了很多年的事，我不會為我的富有道歉，他還是道歉了，但他不知道他究竟是在向誰道歉。羞恥的浪潮會突然淹沒他，就像他妻子多年來忍受熱潮紅一樣，她的臉會立刻變得通紅，汗水在她臉頰上像小溪一樣流淌。她不可能像他在辦公室裡看到的某些女人一樣，對這類事情感到高興。但他感覺他現在更明白了，她肯定感受到某種無法抑制的攻擊，就像他感覺到他的羞恥所施加的無法抑制的攻擊一樣，他十分清楚，他的羞恥並不基於任何真實的事物。凱斯曾經有份工作。他做得很出色。他的報酬也很高。（他的報酬其實並沒有那麼高。）

但有一天，艾貝爾在生產部門遇到了兩個人，第一個人對「成為由純粹貪欲驅使的公司的一分子」的觀點進行了嘲諷，第二個人翻了個白眼，回答道：「別傻了，你這個憤青。」正是這第二個人激怒了艾貝爾，他對他說：「我們需要憤世嫉俗的年輕人，這很有益。不要再詆毀人類的努力，說他們愚蠢了，看在上帝的分上！」後來他感到很擔心，因為這裡的工作環境在他職涯大部分時間裡都不復從前了，它現在是個潛在訴訟的培養皿，人力資源部一直很忙，雖然應該承認比起其他公司要閒得多。事實上，艾貝爾受人尊敬。他甚至是備受愛戴。（他的長期祕書非常愛他。）

但關鍵在於——歉意沒有消失。這是件累人的事。

「我是高攀了，」艾貝爾大聲說，出於某種原因他想偷笑，「噢，確實是。她就像聖誕樹一樣可愛。我不是說她長得像樹，只是她代表了所有——」

「來吧，來吧。」林克・麥肯錫回來了，伸著手。

「謝謝。」艾貝爾說。他看見林克・麥肯錫站在門口。他聽見林克說：「你知道，你是個好人。」

但這時艾貝爾的視線邊緣變得黯淡了，一陣突來的疼痛穿透他的胸膛。有一瞬間他覺得自己可能會從椅子上滑落。他聽見林克在打電話，說「快點」，這讓他想起了之前的一件事，拜託，你能快點嗎？但他無法確定，隨後傳來很多聲音，很多扇門打開了，他看見了一條橙色的帶子，他明白他會被放在上面。

一個高大、肌肉發達的女人，他以為是個男人，她的頭髮剪得像男人一樣短，穿著一件制服，正在幫忙——她曾被叫做「大壩」，艾貝爾的腦中這樣想。當她把他放到橙色擔架的布條上，問他是否知道自己的名字時，她就是了不起的主宰者。他肯定說了名字，因為她開始跟他說話：「你和我待在一起，布萊恩先生。」

「對不起。」林克在他耳邊不停地說。或許艾貝爾才是正在說這話的人。他想說「稅」。他不知道自己說了沒有，但他想對這個像男人一樣強壯的了不起的女人說，她就是那些稅的意義所在。

「布萊恩先生，我帶來了你外孫女的小馬。你知道你外孫女的小馬叫什麼名字嗎？」這個大塊頭的女人問。

他肯定說對了，因為她說：「你把『雪球』拿好，我們要送你去醫院。你能聽懂我的話嗎？」他感覺到一個堅硬的塑膠物體被放進了手裡。

他們關上救護車的門時，林克的臉還在那裡。他似乎在說著什麼。

艾貝爾搖搖頭。他覺得他在搖頭，他沒法知道，但他想告訴林克·麥肯錫——這太可笑了，簡直就是解脫——他度過了一段愉快的時光，這一定很荒謬，但並非如此。他感到血管裡流淌著一股寒意，也許他們給他接上了什麼東西，給了他一劑藥，他不知道該怎麼問起——後來，救護車愈開愈快，艾貝爾感覺到的不再是恐懼，而是一種奇怪的、強烈的喜悅，事物終於無可挽回地脫離他的掌控的極樂，褪去外衣，赤裸裸的。然而，還有一絲別的什麼東西，彷彿在他剛好搆不著的地方，一道燈光在閃爍，那裡彷彿有一扇聖誕節的窗戶。這讓他困惑，也使他欣慰，在他疲倦的狂喜中，它好像幾乎來到了他面前。林克·麥肯錫的聲音說：「你是個好人。」這讓艾貝爾笑了起來，即使他感覺胸口像壓滿了石頭。那個了不起的大塊頭女人以平靜的聲音告訴他：「布萊恩先生，你撐住。」他想，也許他的微笑在他們看來，像是疼痛引起的齜牙咧嘴，但這有什麼關係呢，他此時正飛快地、從容地離開，離開他們，飛過——他飛得多快啊！——綠油油的大豆田，並深深地領悟到：他有了一個朋友。如果可以的話，他會這麼說的，他會這麼說的，但沒有必要：就像他可愛的蘇菲亞愛她的「雪球」一樣，艾貝爾有了一個朋友。如果這樣的禮物能在這樣的時刻來到他面前，那麼一切——羅克福德的可愛女孩為會議精心打扮，從羅克河上飛馳而過——他睜開眼睛，是的，這就是那個無懈可擊的領悟：對任何人而言，一切皆有可能。

【心理師讀後分析】

小鎮生活裡，帶著傷的他與她

◎周慕姿（諮商心理師）

讀完這本小說後，心裡有些沉甸甸地。在這個小鎮裡，每個人都有傷，彼此扣著一環又一環，而我印象最深刻的，是奈斯利一家。

故事中的奈斯利一家，家境不錯，父母健在，女兒們長得也漂亮。姊姊琳達與妹妹帕蒂，當時都被稱為「奈斯利的漂亮女孩」。但這個看似美好的家，就在一個創傷事件中崩毀了。

當奈斯利家夫人，被小鎮的人們發現和帕蒂的西班牙文老師有染，帕蒂早就知道了。因為她早就曾經撞見過，母親與老師的性交場面。

這個創傷一直留了下來，帕蒂與琳達的媽媽自然是失去了這個家。在保守的小鎮，醜聞是藏不住的，於是，全鎮都知道了這件事，而原本「奈斯利家的漂亮女孩」這個像是稱讚的話，卻似乎變成了諷刺與標籤。媽媽做下的醜聞，卻成為姊妹與父親身上的醜惡的烙印與創傷，甩也甩不掉。

每個人面對創傷的方式不同，被背叛的父親，滿腔憤怒與哀傷，取而代之的，是要兩姊妹對父親絕對忠誠，以此來撫平內心的傷痛。

身為大姊的琳達，比妹妹更快地成為父親的情緒伴侶。她替代母親，成為順從父親、安撫父親的那個人；母親給不了的忠誠，她得向父親證明，她給得了。因為，她已經失去了母親，不能再失去父親。

只是，或許帕蒂比姊姊更懂，她們失去的不只是母親，還有他們的父親。因為從發生事情的那一刻起，他們每個人的心中都崩落了一塊；帕蒂、琳達與父親，他們三個人再也不是原本的樣子。當然，他們也都失去了原本的自己。

這個傷，就這樣默默地留在這一家人的心中。比起父親用要求女兒們的「絕對忠誠」來撫平創痛，大姊琳達用「給予忠誠」來安撫自己，她拚命地想告訴自己沒事，盡一切努力想要維持生活中的安定。畢竟，比起原本就撞見媽媽的外遇現場、早已有心理準備的帕蒂，琳達面對家中的巨變，是轟然巨響、毫無準備的。

對琳達來說，她能做的，只有盡力地表現出自己的忠誠以及視若無睹，這樣，她才有辦法維持表面的假象，維持她能夠被愛著、不被拋棄，而也有人可以愛著。這個信任城堡，靠著她的犧牲與努力，才不會在一夕崩毀。

而這樣的琳達，就像被命運捉弄般，又選擇了一個看起來會讓人羨慕的對象結婚：擁有良好經濟環境、工作能力的對象。但這樣的丈夫，卻有偷窺的癖好，而且會在家中與其他女性性交。

琳達說服自己：「我不知道、我沒看到。」她給予丈夫絕對的忠誠，這個忠誠是她過去維繫原生家庭不垮掉的犧牲，如此熟悉且輕而易舉，現在她同樣地給了自己的丈夫，希望這個自己選擇的家庭，可以在她的犧牲與視而不見中維持著。最後，這個嘗試失敗了。丈夫一次又一次、愈來愈過分地挑戰禁忌，琳達發現她想要維持不讓人知道的黑暗，仍是蔓延了出來。

「但，若我已習慣在這黑暗中生活，似乎也還過得下去吧？」閉著眼睛的琳達或許這樣想著，而那一絲絲從她身邊透出的、名為「真實」的光芒，卻如此奪目而難以接近。

悲哀的是，對琳達而言，這道光芒不是屬於她的救贖，而是破壞她表面幸福的危險鋒刃。當謊言被戳破，不論再怎麼掩蓋，光總會從四面八方出現，鑽進琳達不願面對的內心。

而帕蒂呢？面對曾撞見母親外遇現場的帕蒂，從此對性開始有了排拒。她試著要與其他男孩發生關係，想要把這件事情當成「沒有什麼」，但卻永遠無法抹去腦海中，母親與西班牙文老師性交的畫面。

那種震驚與恐懼，是關於背叛與憤怒，還有噁心與厭惡。

琳達選擇和父親站在一起，直接把母親當成厭惡的物品一起排拒。但帕蒂沒有辦法，於是她的厭惡轉而變成在性行為上的排拒——從厭惡母親，變成厭惡性行為。

這樣的轉向，對帕蒂某方面而言是個救贖，因為如此，她就可以不用失去母親。她就還可以見母親、可以想像過去他們一家四口美好地住在舊家的大房子裡，在庭院中交談、玩著，想像未來，說不定還有那麼一天……

那是多麼快樂的回憶，對照現在，又是多麼諷刺而哀傷。

這樣的帕蒂，沒有辦法和人有性行為。然後她遇到了她的先生西比，一個小時候被繼父性侵，同樣無法與人有性行為的男子。兩個因創傷而停在童年的小男孩與小女孩，因為創傷味道而循跡找到彼此，像兩隻小獸般，在屬於兩人的洞穴裡互相舔舐安慰。

帕蒂面對父親的方式，或許就是無條件接納、包容、安慰他的悲傷，以此來替自己覺得好一點，也讓父親好一點。這樣的生存策略，延續到以後，就是帕蒂總被有巨大創傷的男人給吸引，然後安慰他、待在他身邊。

琳達與帕蒂，他們都成了父親的替代伴侶，替母親贖著屬於母親的罪。一輩子。

這本小說雖是沉重，但仍有美好的部分。

那些生活的美好總帶著傷，而在傷中，我們又創造出屬於自己的美好。血跡斑斑卻又閃閃發亮，這就是生活，而一切皆有可能。

國家圖書館預行編目資料

一切皆有可能/伊麗莎白・斯特勞特(Elizabeth Strout)著. -- 初版. -- 臺北市 : 寶瓶文化事業股份有限公司, 2022.01
面 ; 公分. -- (Island ; 312)
譯自 : *Anything Is Possible*
ISBN 978-986-406-263-8(平裝)
874.57　　110018951

Island 312

一切皆有可能

作者／伊麗莎白・斯特勞特（Elizabeth Strout）

發行人／張寶琴
社長兼總編輯／朱亞君
副總編輯／張純玲
資深編輯／丁慧瑋
編輯／林婕伃
美術主編／林慧雯
校對／林婕伃・劉素芬・陳佩伶
營銷部主任／林歆婕　業務專員／林裕翔　企劃專員／李祉萱
財務主任／歐素琪
出版者／寶瓶文化事業股份有限公司
地址／台北市110信義區基隆路一段180號8樓
電話／(02)27494988　傳真／(02)27495072
郵政劃撥／19446403　寶瓶文化事業股份有限公司
印刷廠／世和印製企業有限公司
總經銷／大和書報圖書股份有限公司　電話／(02)89902588
地址／新北市五股工業區五工五路2號　傳真／(02)22997900
E-mail／aquarius@udngroup.com

法律顧問／理律法律事務所陳長文律師、蔣大中律師
如有破損或裝訂錯誤，請寄回本公司更換
著作完成日期／二〇一七年
初版一刷+日期／二〇二二年一月五日
ISBN／978-986-406-263-8
定價／三三〇元

AQUARIUS 寶瓶 文化事業

愛書人卡

感謝您熱心的為我們填寫，
對您的意見，我們會認真的加以參考，
希望寶瓶文化推出的每一本書，都能得到您的肯定與永遠的支持。

系列：Island 312　書名：一切皆有可能

1. 姓名：＿＿＿＿＿＿＿＿　性別：□男　□女

2. 生日：＿＿＿年＿＿＿月＿＿＿日

3. 教育程度：□大學以上　□大學　□專科　□高中、高職　□高中職以下

4. 職業：＿＿＿＿＿＿＿＿

5. 聯絡地址：＿＿＿＿＿＿＿＿＿＿＿＿＿＿＿＿＿＿＿＿

聯絡電話：＿＿＿＿＿＿＿＿　手機：＿＿＿＿＿＿＿＿

6. E-mail信箱：＿＿＿＿＿＿＿＿＿＿＿＿＿＿＿＿

□同意　□不同意　免費獲得寶瓶文化叢書訊息

7. 購買日期：＿＿＿年＿＿＿月＿＿＿日

8. 您得知本書的管道：□報紙／雜誌　□電視／電台　□親友介紹　□逛書店　□網路
□傳單／海報　□廣告　□其他

9. 您在哪裡買到本書：□書店，店名＿＿＿＿＿＿　□劃撥　□現場活動　□贈書
□網路購書，網站名稱：＿＿＿＿＿＿＿＿　□其他＿＿＿＿＿＿

10. 對本書的建議：（請填代號　1. 滿意　2. 尚可　3. 再改進，請提供意見）

內容：＿＿＿＿＿＿＿＿＿＿＿＿

封面：＿＿＿＿＿＿＿＿＿＿＿＿

編排：＿＿＿＿＿＿＿＿＿＿＿＿

其他：＿＿＿＿＿＿＿＿＿＿＿＿

綜合意見：＿＿＿＿＿＿＿＿＿＿＿＿＿＿＿＿＿＿＿＿＿＿＿＿

11. 希望我們未來出版哪一類的書籍：＿＿＿＿＿＿＿＿＿＿＿＿＿＿＿＿

讓文字與書寫的聲音大鳴大放

寶瓶文化事業股份有限公司

（請沿此虛線剪下）

廣 告 回 函
北區郵政管理局登記
證北台字15345號
免貼郵票

寶瓶文化事業股份有限公司 收

110台北市信義區基隆路一段180號8樓

8F,180 KEELUNG RD.,SEC.1,

TAIPEI.(110)TAIWAN R.O.C.

（請沿虛線對折後寄回，或傳真至02-27495072。謝謝）